회귀로

영웅독전

회귀로 영웅독점 **13**

초판 1쇄 인쇄일 2021년 11월 10일 | **초판 1쇄 발행일** 2021년 11월 16일

지은이 칼텍스 | **펴낸이** 곽동현 | **담당편집 팀장** 이범수
편집부 정요한 최훈영 조혜진

펴낸곳 (주)조은세상 | 출판등록 제2002-23호
주소 서울특별시 동작구 동작대로1길 27 5층
TEL 02)587-2966 | FAX 02)587-2922
E-mail bukdu@comics21c.co.kr

칼텍스ⓒ2021
ISBN 979-11-391-0288-8 | ISBN 979-11-6591-494-3(set)
값 8,000원

칼텍스 퓨전판타지 장편소설

FUSION FANTASY STORY

CONTENTS

Chapter 88.

차가운 겨울 공기가 창으로 들어오는 아침.

"언니! 빨리 나와! 떡국 식어!"

"벌써? 잠깐만."

하지만 한참이나 지나도 나오지 않는 언니를 찾아 박민주는 방 안으로 들어갔다.

"뭐 하는데?"

문을 열고 들어간 박민주는 옷을 갈아입는 언니를 보며 한숨을 쉬었다.

박민아는 이런저런 옷들을 걸쳐 보고 있었고, 하인들이 그녀가 입어 본 옷들을 열심히 치우고 있었다.

"언니 약속 저녁이라며?"

"알아. 그래도 미리 준비해서 나쁠 건 없잖아. 근데 옷맵시가 안 사네. 너무 신경을 안 썼나?"

박민주는 언니를 안쓰럽게 바라보다 말했다.

"옷맵시가 안 사는 건 언니가 작아서 그래."

"하긴, 내가 키가 좀 작지."

"아니, 키 말고 가슴……."

"나가. 이년아."

박민주는 날아오는 저고리를 가볍게 피하며 말했다.

"떡국 먹어. 한 살이라도 더 먹어야 커지지."

"나가라고!"

"언니도 얼른 나와."

박민주가 웃으며 나가고 박민아는 거울을 보며 인상을 찌푸렸다.

"……진짜 그래서 그런가?"

일단 밥부터 먹고 생각해 보도록 하자.

그렇게 박민아가 밖으로 나올 때 웅성거리는 소리가 들려왔다.

손님이 찾아온 것이다.

저 멀리서도 뚜렷하게 보이는 화려한 이목구비. 비단 같은 흑발. 거기에 눈보다도 하얀 피부를 가진 여자.

유아린이었다.

헐레벌떡 안으로 들어온 유아린을 맞이한 것은 박민주였다.

"어? 아린아. 여긴 무슨 일이야?"

아린은 거친 숨을 몰아쉬다 말했다.

"서하, 여기 안 왔어?"

"여기 안 왔는데? 그런데 서하는 갑자기 왜?"

아린의 표정에서 심각함을 감지한 박민아는 급히 마당으로 달려 나왔다.

"왜? 서하한테 무슨 일이라도 생겼어?"

"어제 집에 들어오지 않았데요."

아린은 한숨과 함께 앞머리를 쓸어 올렸다.

민주는 큰 눈을 깜빡이며 고개를 갸웃거렸다.

"그게 걱정할 일이야? 그냥 남자애들 집에서 놀다가 잠든 거 아닐까?"

"이미 다 둘러봤어. 상혁이, 이준이, 지율이, 그리고 한영수 집까지 다 가 봤는데 아무도 본 적이 없데. 여기가 마지막 집이야."

"그럼 혼자 뭐라도 하는 거겠지. 왜, 가끔 우리한테 비밀로 하고 혼자 임무 같은 것도 다니고 그러잖아. 신유민 저하의 임무라든가……."

최대한 긍정적으로 생각하려는 박민주였다.

하지만 유아린의 얼굴은 여전히 심각했다.

"그랬다면 보고가 들어왔겠지."

이서하에게는 후암이 붙어 있다.

만약 그가 홀로 임무를 떠났거나 무언가를 이유로 잠시 자리를 비운 것이라면 당연히 보고가 들어왔을 것이다.

하지만 어떠한 보고도 없었을뿐더러 이서하에게 붙었던 후암의 단원 또한 행적이 묘연했다.

두 사람의 소식이 동시에 끊겼다?

필시 모두에게 무슨 일이 벌어진 것이 분명했다.

"……한시라도 빨리 찾아야 해."

아린의 눈에서는 광기마저 보일 정도였다.

"박민주. 너도 나와. 찾으러 간다."

"잠깐만."

박민아는 밖으로 나가는 유아린을 불러 세운 뒤 말했다.

"나도 같이 찾을게."

유아린은 고개만 끄덕이고는 밖으로 뛰쳐나가고 박민아는 아랫입술을 깨물었다.

'약속은 물 건너갔네.'

그런 확신이 들었다.

신평 가문의 저택에서 나온 유아린은 바로 신유민에게로 향했다.

혹시나 이서하에게 뭔가 임무를 맡긴 것인지를 알아보기 위함이었다.

"서하가 사라졌다고?"

"네, 혹시 아시는 것이 있습니까? 비밀 임무를 주었다거나."

"아니, 그런 적 없다."

"알겠습니다. 더 찾아보도록 하죠."

"무사들을 풀어서 찾을 수 있게 해 주겠네."

"감사합니다. 즉시 비상사태로…….."

그러자 옆에 있던 정해우가 반대 의사를 꺼내 들었다.

"그럴 수는 없습니다."

유아린이 정해우를 죽일 듯이 노려보았으나 그는 꿋꿋하게 의견을 피력했다.

"이서하 선인님은 우리 세력의 중심입니다. 그가 사라졌다는 것이 밝혀져서 좋을 것이 없습니다. 금방 나타날지도 모르고요."

세력 전체가 흔들릴 만한 일은 최대한 피하고 싶은 정해우였다.

하지만 유아린은 이해할 수 없었다.

"서하가 그만큼 중요하다면 더욱 지금 당장 비상사태를 선포하고 찾아야 하는 거 아닙니까? 인력을 총동원해서라도…….."

"고작 반나절 지났을 뿐입니다."

정해우의 말대로 이서하가 사라진 지는 이제 고작 여섯 시진 정도밖에 흐르지 않은 상황이었다.

"아이가 사라져도 하루 정도는 지나야 실종으로 간주합니다. 하물며 화경의 고수인 이서하 선인님이 잘못되겠습니까? 너무 걱정하지 마시죠. 유아린 백의선인님."

아린은 이를 악물었다.

정해우의 말에 틀린 건 없었다.

"광명대원들과 무사들이 찾기 시작하면 금방 발견할 수 있을 겁니다. 수도 수색이 끝나고도 찾지 못하면 그때 모두에게 실종 소식을 알리고 수소문하도록 하죠."

"……쯧."

유아린은 혀를 차며 일어났다.

태자의 앞에서 할 법한 행동은 아니었으나 지금 그녀는 눈에 뵈는 것이 없었다.

"만약 서하가 잘못되면 당신 죽을 줄 알아."

"이서하 선인님이 잘못되면 어차피 우리 모두 죽습니다."

신태민한테 말이다.

"그러니 빠른 수색 부탁합니다. 유아린 선인님."

"……안 그래도 그럴 생각입니다."

유아린이 밖으로 나가고 신유민은 심각한 얼굴로 말했다.

"살기가 엄청나구나."

무인이 아닌 신유민조차 느낄 수 있을 정도다.

만약 유아린이 이서하의 연인이라는 것을 몰랐다면 앞에 앉아 있는 것조차 힘들었을 것이다.

"그나저나 정말로 큰일이구나. 정말로 서하에게 무슨 일이 생긴 것이라면……."

"걱정하지 마십시오, 저하. 이번에도 무사히 돌아올 것입니다."

"그렇다면 좋겠지만……."

"항상 위기를 극복해 왔던 분입니다. 그러니 저하께선 이
서하 선인이 편히 돌아올 수 있도록 아무 일도 없는 것처럼
중심을 지키셔야 하지 않겠습니까?"

"중심이라……. 난 그냥 지붕인데 말이지."

지붕이 떠 있을 수 있는 건 기둥이 떠받쳐 주기 때문.

그런 존재가 사라진다면 지붕은 폭삭 가라앉을 수밖에 없
었다.

"문무양도(文武兩道)를 걸을 걸 그랬어."

무(武)를 가지지 못한 신유민이 할 수 있는 일이라고는 그
저 이서하가 무사히 돌아오기만을 기도하는 수밖에 없었다.

유시(오후 5시)

겨울의 짧은 해가 뉘엿뉘엿 넘어가는 시간.

도시는 왕가에서 푼 명주(銘酒)로 축제가 한창이었으나 철혈
이강진은 손자를 찾기 위해 황현과 함께 돌아다니고 있었다.

"아들놈이고 손자놈이고 다 어디 갔는지 모르겠군."

"걱정도 안 되십니까?"

"누구 말이냐?"

"두 분 다 말하는 겁니다."

"서하야 적수를 찾기 힘들 정도로 강해졌으니 별일 없을 테고, 장원이야 자기 아들 보러 갔겠지."

대수롭지 않게 생각하는 이강진이었다.

이윽고 수색을 마친 이강진은 아린과 만나 말했다.

"육감에도 걸리지 않는 걸 보니 수도에는 확실히 없는 거 같구나."

"네, 가주님. 무례한 부탁을 들어주셔서 감사합니다."

"내 손자 찾아다니는 건데 오히려 내가 감사해야지."

아린은 손톱을 물어뜯으며 불안해하고 있었다. 이미 그녀를 손주며느리처럼 생각하는 이강진은 아린의 머리 위에 손을 얹으며 말했다.

"너무 걱정하지 말거라. 서하 그놈이 어디 가서 무슨 일을 당할 아이더냐?"

"네, 그렇게 생각하고 있습니다만……."

아린의 표정은 여전히 어두웠다.

"……혹시 철혈대를 빌릴 수 있겠습니까? 지금 바로 수도 일대를 수색하고 싶습니다."

"물론이지. 마음껏 쓰도록 해라."

"감사합니다."

"아니다. 난 지금부터 전하의 호위가 있어 가 봐야겠구나. 미안하지만 서하의 일은 부탁하마."

최소한의 인원만으로 갈 생각이었기에 신유철의 호위는
이강진과 황현, 단 두 사람이었다.

"도움을 주신 것만으로도 감사합니다. 저는 바로 출발하도
록 하겠습니다."

아린은 고개를 숙인 뒤 지친 듯 앉아 있는 광명대를 끌고
갔다.

광명대가 떠나고 이강진 또한 움직였다.

"슬슬 우리도 출발하자. 현아."

그렇게 도착한 왕궁에는 국왕 신유철이 등산 준비를 끝내
고 이강진을 기다리고 있었다.

"그래, 손자는 찾았느냐?"

"수도에는 없는 거 같습니다. 뭔가 일이라도 있는가 봅니다."

"더 찾아보지 않아도 되고?"

"큰일이야 있겠습니까? 강한 아이입니다. 제가 걱정할 필
요는 없겠죠."

"그래? 그럼 이만 출발하지. 손자놈들과는 산 초입에서 만
나기로 했으니."

"네, 전하."

그렇게 왕궁을 나설 때였다.

인기척을 포착한 이강진이 고개를 돌리는 순간 가면을 쓴
여자가 나타나 한쪽 무릎을 꿇었다.

전가은이었다.

"이강진 님이십니까?"

살기는 없다.

이강진은 검에서 손을 뗀 뒤 말했다.

"무슨 일이냐?"

"저는 후암의 단원입니다. 이서하 선인님에 관한 이야기를 전해 드리려고 왔습니다. 혹시 저와 함께 가 주실 수 있겠습니까?"

"불가하다."

국왕의 호위가 임무 도중 자리를 이탈한다는 것은 상상할 수도 없는 일이었다.

하지만 전가은은 무례를 무릅쓰고 말을 이어 갔다.

"이서하 선인님이 위독합니다."

그러자 이번에는 신유철이 답했다.

"그게 무슨 말이냐? 자세히 고해 보거라."

"이서하 선인님이 괴한의 습격을 받아 크게 다쳤습니다. 제가 어떻게든 구해 내 숨겨 드리긴 했습니다만, 상황이 좋지 않습니다."

"괴한의 습격이라니? 누가 습격했단 말이냐?"

"복면을 쓰고 있어 정체를 알아볼 수 없었습니다."

신유철은 표정을 굳히고는 말했다.

"강진아, 아무래도 네가 가야겠구나."

"아니요. 저는 전하를 호위하겠습니다."

손자가 위독하다는 말에 심장이 내려앉았으나 이강진은

내색하지 않았다.

호위란 그런 것이다.

자신의 뼈와 살을 다 내주는 한이 있더라도 귀인을 지켜야 하는 법.

"서하를 구출하는 건 광명대에게 맡기면 됩니다."

"그게 말이 되지 않는다는 건 강진이 너도 알지 않느냐?"

"……."

이강진은 대답하지 못했다.

손자, 이서하는 화경의 고수였다.

거기에 극양신공까지 활용한다면 서하를 이길 수 있는 무사는 열 손가락도 채 되지 않는다.

괴한은 그런 서하를 이긴 것이었다.

그런 상황에 광명대를 보내면 전멸이라는 최악의 결과가 나올 수 있었다.

이강진이 머뭇거리자 신유철이 친구의 등을 때렸다.

"나야 손자놈들도 있고 두 놈의 호위가 지켜 줄 텐데 뭐가 그리 걱정이냐? 고작 뒷산 올라가는 거다. 무신(武神)까지는 필요 없지. 곧 죽을 늙은이 신경 쓰지 말고 이 나라의 미래를 살리도록 해라."

"그렇게 말씀하셔도 저는……."

"강진아. 이건 명령이다. 알겠느냐?"

감사함과 미안함에 이강진은 주먹을 꽉 쥐며 고개를 숙였다.

"명령. 따르겠습니다."

"그래, 바로 출발하도록. 현이도 같이 가거라. 아무리 강진이라도 고수를 상대로 위독한 손자를 지키며 싸우는 건 쉽지 않을 테니까."

황현이 고개를 숙이자 신유철은 전가은에게 말했다.

"후암의 단원이라고 했나? 빨리 출발해라."

전가은은 고개를 숙이고는 앞장섰다.

"혹 다른 누군가를 더 데리고 가실 생각이십니까?"

"아니, 둘이서 충분하다."

황현이 이서하를 업고 이강진이 혹시 모를 괴한을 막으면 된다.

전가은은 고개를 끄덕이고는 달리기 시작했다.

"그럼 출발하겠습니다."

세 사람이 앞으로 달려 나가고 신유철은 손을 흔들다 표정을 굳혔다.

'서하가 습격당했더라……'

범인의 이름이 머리를 스치고 지나갔다.

신태민.

자신의 손자가 범인일까?

"아니, 그럴 리가 없지."

동부 왕국에서 보낸 자객일 수도 있고, 제국에서 온 자객일 수도 있다.

아니, 나찰일 수도 있겠지.

자신이 죽기 전까지는 그 누구도 이런 극단적인 행동을 할
리가 없다고 생각하는 신유철이었다.

"너무 늦기 전에 나도 마무리를 지어야겠구나."

신유철은 그렇게 홀로 약속 장소로 향했다.

◆ ◈ ◆

신태민의 이강진 격리 계획은 이러했다.

이서하를 죽이고 그의 시체를 수도에서 최대한 멀리 떨어
진 곳에 놓은 뒤, 이강진에게 이서하를 찾았다고 말하며 데리
고 가는 것이었다.

그리고 그 역할은 이서하 전담 후암이자 은월단의 단원인
전가은이 맡았다.

미리 위독하다고 말만 해 놓으면 손자의 시체를 보더라도
이강진이 안내역을 죽일 리는 없다며 말이다.

맡은 임무에 따라 이서하를 구해 내고 안전한 곳에 옮긴 그
녀는 바로 신태민을 찾아가 보고했다.

"시체를 못 찾았다고?"

"네, 그렇습니다."

물론 거짓 보고였다.

이서하를 확보했다고 말했다가 직접 가서 확인 사살이라

도 하겠다고 나서면 골치 아파지니 말이다.

"물에 빠졌다고 하더니 못 찾았나 보군."

"죄송합니다."

"아니다. 하지만 작전은 그대로 이행한다."

전가은은 침묵했다.

이서하를 확보하지 못한 상태로 작전을 진행하는 건 철혈에게 죽으라는 것과 마찬가지였다.

손자의 목숨을 가지고 장난을 친 셈이 될 테니까.

"무슨 문제라도 있느냐?"

"아닙니다."

전가은은 고개를 끄덕였다.

"분부대로 하겠습니다."

이서하가 살아 있으니 별문제가 될 것은 없었다.

'어차피 곧 죽을 사람이고.'

감정에 이끌려 살려 놓기는 했지만 이서하는 이동하는 내내 발작까지 일으키며 끙끙 앓았다.

비명도 지르고 눈물도 흘리며 계속해서 내 탓이 아니라는 소리를 반복했다.

'곱게 자란 도련님인 줄만 알았는데.'

꽤 끔찍한 과거를 보는 것만 같았다.

'빠져나올 수는 없겠지.'

고작 한 번 찔렸던 자신도 스스로 목숨을 끊기 직전까지 몰렸었다.

한 번만으로도 그럴진대, 10번 넘게 찔린 이서하였으니 그가 보고 있을 지옥이 얼마나 끔찍할지는 상상조차 되지 않았다.

그렇게 한참 이동 중 이강진이 말했다.

"꽤 멀구나."

"죄송합니다. 최대한 빨리 가고는 있으나……."

"알고 있다."

전가은은 자신이 낼 수 있는 최대 속도를 내고 있었다.

이강진을 상대로 잔재주는 통하지 않을 테니 말이다.

그러나 최대 속력을 냈음에도 이서하를 숨겨 둔 목적지에 도착했을 즈음에는 이미 해가 진 상태였다.

전가은은 눈앞의 오두막을 가리켰다.

"저 안에 이서하 선인님이 있습니다."

하지만 이강진은 미간을 찌푸렸다.

"저 안에 있다고? 확실한가?"

"네, 확실합니다."

"그런데 왜……."

오두막 앞으로 성큼성큼 걸어간 이강진은 거칠게 문을 열어젖혔다.

안은 텅 비어 있었다.

"……아무도 없느냐?"

"……!"

전가은이 놀라 오두막 안을 확인했지만 이서하는 물론 그의 검 또한 자취를 감춘 뒤였다.

"분명히 이 안에······."

"있었던 거 같긴 하구나."

이강진은 서하가 누워 있던 곳을 손으로 짚었다.

"아직 온기가 남아 있어. 스스로 깨어나 어디론가 향했군."

그리고는 자리에서 일어나 전가은에게 말했다.

"살아 있던 것도 확실한 거 같고, 습격을 당했던 것도 맞는 거 같구나. 그럼 하나만 묻자. 후암의 단원."

이강진의 몸에서 흉흉한 살기가 피어올랐다.

"서하를 데리고 이 먼 숲속까지 도망친 이유는 무엇이지?"

"그건 괴한이 추격해서······."

"추격의 흔적은 없었다. 그리고 서하를 이길 정도의 괴한이 고작 네년의 경공을 따라잡지 못했다는 것도 이상한 일이지. 다시 물으마. 이 멀리까지 서하를 데리고 온 이유가 무엇이냐?"

적당히 얼버무릴 길이 없었다.

하지만 전가은은 전혀 긴장한 기색이 없었다. 오히려 기다리고 있었다는 듯 희미한 미소마저 지을 정도.

'웃어?'

철혈 이강진 앞에서 허세를 부릴 수 있는 사람은 많지 않았다.

이윽고 생각을 정리한 전가은이 입을 열었다.

"저는 신태민 저하의 명령으로 움직이는 사람입니다."

신태민이라는 이름에 이강진이 표정을 굳혔다.

"신태민 저하의 명령으로 움직인다고? 유현성 단장이 아니라?"

"네, 그렇습니다. 원래는 이서하 선인님을 확인 사살한 뒤 이곳으로 옮겨야 했으나 개인적으로 선인님에게 받은 은혜가 있어 그러지 못하고 응급 처치를 하였습니다."

오두막 한쪽에 피가 묻은 붕대가 있었다.

아무래도 응급 처치를 했다는 건 사실인 듯싶었다.

"다친 서하를 일부러 이곳으로 옮겼다는 것은 나를 유인하기 위함이더냐?"

"네, 그렇습니다."

순간 이강진이 무언가를 깨달은 듯 말했다.

"그렇다면……."

"오늘 반정(反正)을 시작했습니다."

반정(反正).

잘못된 것을 바로잡는다는 뜻으로 왕을 축출하고 왕권을 빼앗은 모든 행위를 말한다.

"설마 신태민이 전하를 노린단 말이냐?"

"그렇습니다."

"그렇게 정신이 나갔을 줄이야……."

이강진은 끓어오르는 분노를 다스린 뒤 빠르게 상황을 정리했다.

"지금 당장이라도 네년의 목을 베고 싶지만 서하의 목숨을 살려 주었으니 이번만큼은 넘어가 주마."

"감사합니다."

이강진은 전가은을 노려보다 황현에게로 고개를 돌렸다.

"바로 전하에게로 돌아간다! 최대한 빨리!"

그때 전가은이 끼어들었다.

"송구스러운 말이지만 그곳의 상황은 이미 끝났을 겁니다."

"……뭐라?"

"유시(오후 5시)에 출발해 노을을 보고 담소를 나눈 뒤 내려오는 일정입니다. 지금 벌써 술시(오후 7시)가 지나고 있으며 남악에 도착하실 때 즈음에는 해시(오후 9시)에 가까워져 있을 것입니다. 아무리 빨리 달려도 모든 상황이 끝난 뒤일 것입니다."

이강진은 전가은을 죽일 듯 노려보다 말했다.

"그래, 네 말이 맞구나."

듣기 싫은 말이었으나 전가은의 지적은 옳았다.

"하지만 빨리 달린다면 수도에 모여 있는 가주님들과 대신들은 지킬 수 있을 겁니다."

"……설사 늦는다 하더라도 전하를 버리고 갈 수는 없다."

"전하에게는 이미 누군가 도우러 갔을 것입니다."

"누가 돕는단 말이냐?"

전가은은 대답 대신 오두막을 바라봤다.

이서하는 항상 정답을 알고 움직이는 것처럼 보였다.

이번에도 그러지 않을까?

"이서하 선인님을 얼마나 믿으십니까?"

이강진은 생각에 잠겼다.

서하라면 깨어난 순간 상황을 전부 파악했을 수도 있다.

아니, 그렇다고 믿고 싶었다.

이강진은 빠르게 결단을 내렸다.

"······그렇다면 우리는 수도로 간다."

전하는 서하에게 맡긴다.

나라의 미래를 위해선 수도의 가주들과 대신들을 지켜야
했다.

전가은은 고개를 끄덕이고 말했다.

"지름길을 알려 드리겠습니다."

"아니, 필요 없다."

이강진의 몸에서 반투명한 기운이 숫구치기 시작했다.

아지랑이가 일렁이다 못해 공간이 휘어지는 것만 같은 착
각이 들 정도다.

"일직선으로 돌파한다. 현아."

"네, 가주님."

"후암 단원. 너는 천천히 오거라."

그 말을 끝으로 이강진이 땅을 박차며 앞으로 달려 나갔다.

전가은은 깊게 파인 땅을 바라보다 중얼거렸다.

"이것이 무신(武神)⋯⋯."

피바람이 불 것이다.

이주원이 바라는 대로.

◆ ◆ ◆

절망적인 환상은 계속되었다.

요령성의 마을.

익숙한 마을이다.

나를 구해 줬다는 이유로 몰살당했던 바로 그 마을.

"아저씨! 살려 주세요."

한 아이가 나를 향해 소리치며 달려온다.

나는 시선을 피했다.

아이가 소자현 휘하 제국군의 손에 무참히 살해당하는 동안 나는 풀숲에 숨어 외면했다.

그렇게 모두가 죽는다.

살해당하고, 강간당하고, 노예로 끌려가는 와중에도 나는 그저 숨어 있을 뿐이다.

'어차피 같이 죽을 뿐이야.'

회피하면서 변명하는 것도 요령이다.

자주 하면 더 능숙해진다.

하지만 회피할 수 없는 일도 있다.

다시 세계가 무너지고 새로운 환상이 시작되었다.

푹! 푹! 푹!

동굴 안.

한 여자가 나찰에게 고문당하고 있다.

나는 그 광경을 동굴 안쪽에 숨어 작은 틈새 사이로 지켜보고 있었다.

여자의 이름은 진소은.

제국에서 처음 만나 결혼까지 했던 나의 부인.

"꺄아아아악!"

그때의 감정이 다시 생생하게 떠오른다.

비명을 지르는 아내는 내가 있는 곳을 바라보고 있다.

원망일까? 아니면 실망일까?

나는 귀를 틀어막았다.

외면하기 위해 오감을 차단해야만 했다.

그러나 그 순간 나찰이 내가 숨어 있는 곳으로 아내를 끌고 와 쓰러트리고는 그녀의 심장을 찔렀다.

"······아."

아내의 동공이 파르르 떨리고 이내 축 늘어진다. 나는 그 와중에도 소리를 내지 않기 위해 입을 막았다.

"징하네. 징해."

나찰은 그렇게 말한 뒤 자리에서 일어났다.

저 말은 끝까지 고문당하면서도 내가 있는 곳을 말하지 않은 아내에게 하는 말이었을까?

아니면 아내가 죽을 때까지 소리 한 번 안 낸 나에게 하는
말이었을까?

지금 생각해 보면 나에게 했던 말 같다.

알면서도 나에게 비참함을 주기 위해 그냥 떠났던 것만 같다.

그렇게 안전이 확보되고 나서야 나는 밖으로 나와 아내의
시체를 안아 들었다.

"소은아……."

모든 비극은 내가 나약했기 때문에 일어났다.

내가 나약했던 이유는 모든 문제를 피하며 살아왔기 때문
이다.

"미안해. 소은아……."

그렇게 중얼거리는 순간 소은이의 얼굴이 아린이로 바뀌
었다.

"언제까지 이러고 있을 거야?"

"허억!"

내가 놀라 뒤로 넘어가자 아린이가 팔로 기어 다가왔다.

"회귀까지 한 주제에 또 반복할 생각이야?"

"……."

아니, 이 비극을 반복할 수는 없다.

이번에는 절대로 회피하지 않을 생각이다.

"아니, 막을 거야."

"그럼 이제 일어나."

미소를 짓는 아린이.

그녀가 손가락으로 이마를 때리는 그 순간.

난 현실로 돌아왔다.

"허억, 허억."

온몸이 축축하다.

땀 때문일까? 어제 강에서 젖은 몸이 아직 안 마른 것일까?

나는 몸을 확인했다.

'상처가 아물었다.'

적오의 심장이 나를 살린 것이었다.

하지만 적오의 심장이 회복해 주는 것은 신체뿐.

환상에서는 어떻게 빠져나온 것일까?

사실 고민할 것도 없었다.

'공청석유.'

공청석유의 순수한 기운이 모든 음기를 정화한 것이었다.

'신평에서 전가은이 이거에 당한 것이었구나.'

당시 전가은은 허남재의 호위 무사에게 당했는데, 그 호위 무사가 진명이었을 줄이야.

어쨌든 진명이 움직였다는 것은 신태민이 결단을 내렸다는 뜻이었다.

'아직 전하가 승하하지도 않았는데……'

도대체 왜? 어떤 기회를 보고?

그때 신유민 저하의 일정이 떠올랐다.

"······등산이구나."

신태민은 그곳에서 모든 것을 끝낼 생각이다.

'내가 너무 타성에 젖어 있었구나.'

내가 아는 미래가 바뀔 수 있다는 것을 신평 때와 아버지의 일로 뼈저리게 느꼈으면서 아직은 아무 일 없을 거라 섣부른 판단을 하고 있었다.

하는 일마다 잘 풀리고 또 평화가 지속되어 긴장을 풀어 버린 것이다.

신유철 전하가 살아 있는 동안은 안전할 것이라고.

신태민은 절대로 자신의 할아버지가 살아 있는 동안 움직이지 않을 거라는 근거도 없는 확신을 하면서.

그러나 절멸도 덕분에 다시금 깨달았다.

지금 나에게 주어진 새로운 인생이 얼마나 소중한 것인지를.

나는 서둘러 오두막 밖으로 나왔다.

아직 해가 지지 않았다.

'노을을 본다고 했어. 아직 시간은 있다.'

현재 위치만 정확하게 알면 된다.

높은 나무를 타고 올라가자 주변 풍경이 보였다.

한쪽으로는 바다가, 다른 한쪽으로 산등선이 보였다.

바다가 보인다는 것은 수도 서쪽이라는 소리였다.

서둘러야 한다.

지금까지 내가 해낸 모든 것들이 물거품이 되지 않게.

역사는 절대 반복되어서는 안 된다.

◆ ◈ ◆

남악(南岳).

평범한 사람들도 자주 오가는 산이었지만, 한 구역만큼은 엄중하게 통제되고 있었다.

바로 왕릉이 자리 잡고 있는 곳이었다.

통제된 구역으로 들어가는 입구.

신유민은 그곳에서 국왕 전하를 기다리고 있었다.

그리고 얼마 지나지 않아 신태민이 도착했다.

"얼굴이 좋아 보이십니다. 형님."

신태민의 뒤에는 진명이 따라오고 있었으며 신유민의 옆에는 서진후가 서 있다.

조상님들의 묘가 있는 곳에 쓸데없이 외부인을 많이 들일 수는 없었기에 호위는 최소한으로만 꾸렸다.

"그러는 너도 기분이 좋아 보이는구나."

아마도 이서하가 사라졌기 때문일 것이다.

이서하 사라지면 가장 이득을 보는 이가 바로 신태민이었으니 말이다.

어쩌면, 이서하 실종의 가장 유력한 용의자가 아닐까?

그만큼 확실한 동기를 가진 사람은 없으니 말이다.

신태민은 조소와 함께 답했다.

"제가요? 좋을 게 뭐가 있겠습니까? 우리 할아버님과의 마지막 산책이라 생각하니 싱숭생숭합니다."

"마지막이라니. 앞으로도 몇 년은 살아 계실 텐데."

어떻게 마지막이라고 확신하는 것일까?

단순 말실수인가? 아니면 뭔가 속뜻이 있을까?

신유민의 위화감과는 별개로 신태민은 너스레를 이어 갔다.

"형님이 무(武)를 몰라 그러시는데, 할아버님의 건강이 좋지 않습니다. 아마도 올해를 넘기시기 힘들겠죠. 그래서 형님에게 미리 대리청정을 맡겨 정세를 안정시킨 것 아니겠습니까?"

"……그래도 오해받을 소리는 하지 마라."

"네, 형님. 조심하죠."

신태민이 빙긋 웃는 순간 신유철이 등장했다.

호위 하나 없이 홀로 걸어오는 모습에 신유민이 당황한 얼굴로 마중을 나갔다.

"전하. 철혈님은 어디 계십니까?"

"일이 있어서 보냈다."

"그럼 혼자 오신 것입니까? 다른 호위라도 데리고 오시지……."

"축제 기간에 갑자기 늙은이가 불러내면 언짢지 않겠느냐? 그리고 여기 두 훌륭한 무사들이 있는데 뭐가 걱정이겠느냐?"

국왕 전하의 칭찬에 서진후는 고개를 숙이며 감사를 표했다.

신태민은 그런 형의 호위 무사를 힐끗 돌아보고는 말했다.

"믿을 수 있는 호위 맞습니까? 반역 전과가 있는 거 같은데."

농담으로 흘려듣기는 불편한 말이었다.

"그건 재조사로 누명을 쓴 것이라 밝혀지지 않았느냐?"

거기다 이서하가 직접 믿고 붙여 준 사람이었다.

"의심의 여지가 없는 사람이다."

"그래도 고작 호위 둘을 데리고 가는데 하나의 신분이 그래서야……."

"그만두거라."

신유철은 작은 손자의 말을 끊고는 서진후를 바라봤다.

"호위란 자신이 가장 믿는 무사라는 뜻이지. 그러니 유민이를 잘 부탁한다."

"목숨을 걸고 지키겠습니다."

신유철은 그제야 앞장서며 말했다.

"노을을 보려면 서둘러야겠구나."

신유철은 마치 날아가는 것처럼 산을 올라가다 멈추기를 반복했다.

무를 제대로 익히지 못한 신유민이 따라오지 못하고 있었기 때문이었다.

신유철은 거친 숨소리를 내면서도 꿋꿋이 따라오는 신유민을 돌아보며 말했다.

"하하하, 그러니까 단련을 게을리하지 말라고 하지 않았느냐?"

"전하의 발을 따라갈 수 있는 무사가 얼마나 있겠습니까? 수련해도 안 됐을 겁니다."

"네 동생은 잘만 따라오지 않느냐?"

"저와 형님을 비교하면 안 되죠, 전하. 저는 그래도 선인 아닙니까?"

신태민은 그렇게 말하며 은근히 할아버지의 상태를 살폈다.

'분명 몸은 완전히 망가진 상태다……'

그러나 할아버지의 발걸음에는 아직도 패기(覇氣)가 실려 있었다.

과거 철혈 이강진의 유일한 대적수였다는 말이 과장된 것은 아닌 모양이다.

'하긴 아직 할아버지가 진심으로 싸우는 걸 본 적이 없지.'

그러나 큰 변수는 되지 않을 것이다.

망가질 대로 망가진 할아버지가 진명을 이길 수는 없을 테니까.

그렇게 도착한 산 중턱의 왕릉(王陵)은 마치 왕궁과도 같았다.

음식을 짓는 수라간은 물론 풍경을 즐길 수 있는 정자, 그리고 며칠은 묵을 수 있는 손님방까지.

필요한 경우에는 요새가 되기도 하는 곳이었기에 왕릉을 둘러싼 벽 또한 높고 두꺼웠다.

"여기서부터는 우리끼리 들어갈 테니 호위들은 앞에서 기다리도록 하라."

고개를 숙이는 두 호위를 뒤로하고 왕릉 안으로 들어가자 관리를 맡은 소수의 인원이 나와 세 사람을 맞이했다.

"오셨습니까? 전하. 음식과 술을 준비해 두었습니다."

"수고가 많구나."

수도와 저 멀리 바다까지 내다보이는 정자(亭子).

마침 해가 뉘엿뉘엿 넘어가고 있는 시간이었다.

신유철은 자리에 앉으며 말했다.

"그래, 일단 한 잔씩 하고 이야기를 해 볼까?"

사실 두 사람 모두 신유철이 무슨 말을 할지는 예상을 하고 있었다.

신유철은 한 모금을 마신 뒤 입을 열었다.

"내가 너희들을 이곳으로 부른 이유는 왕가의 역사를 보여주기 위함이다. 우리 천일 신씨 가문이 왕가가 된 이유는 나찰과의 전쟁 중 최전선에서 싸웠기 때문이다. 저기 가장 높은 곳에 계신 조상님 덕분이지."

현 수도 천일만을 가지고 있던 신씨 일가는 나찰과의 전쟁에서 북대우림을 막아 냈다.

덕분에 비교적 남쪽에 있는 신평과 운성에서 물자를 조달해 전쟁을 이어 나갈 수 있었던 것.

그런 만큼 나찰과의 전쟁에서 가장 큰 피해를 입은 곳도 신

37

씨 일가였다.

"우리는 가장 큰 책임을 지고, 가장 힘든 일을 도맡았기에 왕이 된 것이다. 그건 지금도 마찬가지. 왕은 편한 자리가 아니다. 가장 힘든 일을 하면서 또 모든 책임을 짊어져야 하는 자리지."

신유철은 두 손자를 돌아보다 말했다.

"그러니 태민아."

"네, 전하."

"너는 왕위를 포기하거라."

"……."

신태민은 표정을 굳히고 할아버지, 아니 국왕 전하를 노려보았다.

"제가 안 되는 이유는 무엇입니까?"

"정답을 찾는 데 있어서 무(武)가 정답이 아니기 때문이다."

"그러는 전하께서야말로 무(武)로 통치하지 않으셨습니까?"

"그랬기에 하는 말이다."

신유철은 과거를 회상하듯 노을을 바라봤다.

"난 실패한 왕이다. 원대한 꿈을 가지고 떠난 원정은 전부 실패했고 그 여파로 4대 가문의 신뢰도 잃었지. 내 아들이자 너희 아비도 죽게 만들었다."

신유철은 한숨을 내쉬었다.

"비등한 전쟁을 승리를 이끄는 것이 명군이 아니라 압도적인 전력을 만드는 것이 명군이라는 뜻이지."

그리고 그 일에는 둘째 손자보다 첫째 손자가 더 제격이었다.

"그러니 태민이 너는 왕이 아닌 대장군이 되어 네 형과 함께 이 나라를 영광으로 이끌거라. 둘이 힘을 합친다면 동부 왕국은 물론 제국까지도 넘볼 수 있을 것이야."

신유철은 차분한 눈빛으로 제 둘째 손자를 바라봤다.

최대한 자신의 뜻을 알아 달라는 마음으로 말이다.

그러나 신태민은 뜻을 굽히지 않았다.

"제가 왕위에 오르고 형님이 참모가 되는 방법도 있지 않습니까?"

신유철은 반론을 하려다 멈추었다.

반론거리는 많다.

장남과 차남의 차이는 둘째 치더라도 왕은 수도를 비우지 않는 편이 더 좋다.

호랑이가 사라지면 여우가 왕이 된다는 말도 있지 않던가.

신유철은 주기적으로 원정을 떠났었고 그 탓에 부정부패를 잡을 수 없었다.

하지만 설명으로 될 일이 아니었다.

'태민이는 포기할 생각이 없구나.'

강진이의 말이 맞았다.

그렇다면 선택지는 하나뿐이었다.

신태민을, 신유민의 정적을 저 먼 곳으로 보내 버려야 한다.

"그래, 네 뜻은……."

"뭐, 어쩔 수 없죠."

어쩔 수 없다?

신유철은 말을 끊는 손자를 바라보다 입구 쪽으로 시선을 돌렸다.

강대한 기운 두 개가 부딪쳐 충격파가 울려 퍼졌다.

신태민은 평온하게 술잔을 비웠다.

"스스로 찾아 먹는 수밖에."

태양이 떨어져야 할 시간이 왔다.

◆ ◈ ◆

왕릉의 입구에서 대기하던 서진후는 진명에게서 눈을 떼지 않았다.

이서하가 사라진 그 시점부터 단 한 번도 긴장을 놓은 적이 없는 그였다.

그렇게 잠시 시간이 지나고 진명의 움직임에 반응한 서진후가 입을 열었다.

"손잡이에서 손 떼지?"

"……."

그 말이 신호가 되었다.

작전은 간단했다.

진명이 호위 무사, 신유민, 그리고 국왕 전하까지 죽이는 것.

압도적인 무력 앞에서는 복잡한 작전 따윈 필요 없으니 말이다.

그렇게 진명이 검을 뽑는 것과 동시에 서진후가 양팔에 기를 담았다.

캉! 하는 소리와 함께 서진후의 팔에 진명의 검이 닿았다.

"쯧."

검이 들어가질 않는다.

예상치 못한 상황에 진명은 표정을 굳혔다.

'이서하가 붙여 놓은 이유가 있군.'

화경의 고수들은 나뭇가지만 들고도 강철 검을 상대한다.

강기를 사용하는 고수들에게는 무기의 강도가 그리 중요하지 않기 때문이다.

누구의 강기(罡氣)가 더 강하냐의 싸움.

서진후는 진명을 밀어낸 뒤 온몸에 강기를 두르는 한편 자세를 잡으며 생각했다.

'고수다.'

단 한 번의 부딪침만으로도 진명의 실력을 파악한 서진후였다.

'과거의 나라면 한 합에 끝났겠지.'

신유민이라는 태자의 호위.

그 자리는 결투장에서 사기 결투나 하던 서진후에게는 무

41

거운 자리였다.

처음에는 거절할까 생각도 했지만 이서하의 말에 넘어갈
수밖에 없었다.

'자랑스러운 아버지가 되고 싶으시다면 받아들이시죠.'

태자의 호위.

나아가 국왕 전하의 호위 무사.

그보다 더 자랑스러운 아버지가 있을까?

그렇기에 이를 악물고 노력했다.

그 어떤 순간에도 저하를 지킬 수 있도록.

그렇게 서진후는 이서하가 회귀 전에 보았던 그 권왕(拳
王)의 모습이 되어 있었다.

"반역은 사형."

서진후는 경험에서 우러나오는 판결을 내렸다.

"지금부터 집행한다."

그것이 신태민의 호위 무사라도 예외는 없다.

황혼이 드리운 시간.

이건하는 수도 밖에 무장한 부하들을 배치하고 신호를 기
다렸다.

백야차는 서문에서, 동문은 이건하가, 북문은 백성엽 장군

이, 그리고 마지막 남문은 김희준이 맡기로 했다.

'김희준.'

마지막 남문의 봉쇄를 두고 후보를 찾다 김희준을 작전에
참여시켰다.

어디로 튈지 모르는 사람이었으나 이번 경우에는 확실하
게 자신의 목표를 밝혔다.

"광명대만 저한테 주시면 기꺼이 참가하겠습니다."

이서하가 아군만큼 적도 많이 만들고 다닌 모양이었다.

이윽고 하늘로 불화살이 솟구쳤다.

손꼽아 기다리던 신호였다.

"가자."

사대문이 닫히기 일보 직전.

부대는 개방된 문을 향해 부하들과 함께 다가가기 시작했다.

이윽고 문지기들이 시야에 들어오는 그 순간 이건하가 외
쳤다.

"살생부에 오른 자들은 전원 죽여라. 그 가족, 하인들도 살
려 두지 마라."

"네, 장군!"

"그럼 돌격하라."

수백의 무사가 달리기 시작하고 문지기가 화들짝 놀라며
옆으로 비켜났다.

무혈입성한 뒤 모두를 죽인다.

간단하고 쉬운 작전이다.

아니, 쉬운 작전이었어야 했다.

한 여자가 나타나기 전까지는.

'한기?'

갑작스러운 한기(寒氣)에 몸이 오들오들 떨리기 시작했고 눈이 녹아 젖어 있던 바닥이 순식간에 얼어붙기 시작했다.

이윽고 숨이 막힐 듯한 음기가 무사들을 감쌌다.

"여기 이건하가 있다고 들었다."

소름이 돋을 정도로 깨끗하고 청량한 목소리에는 오직 살기만이 가득했다.

유아린.

숨이 멎을 것처럼 아름다운 여자는 백발을 흩날리며 무사들에게 말했다.

"이건하는 어디 있지?"

그러자 이건하의 부하 중 하나가 외쳤다.

"여기서 머뭇거릴 시간은 없다! 죽여!"

무사들은 고개를 끄덕이고 사방에서 아린을 덮쳤다.

그러나 그들을 기다리고 있는 건 붉은 얼음 칼날이었다.

땅에서 솟구친 얼음 칼날이 무사들을 도륙했고 피를 본 유아린의 눈은 점차 붉어지기 시작했다.

"……."

순식간에 네 명이 도륙당하자 무사들은 감히 그녀에게 달려들지 못하고 벌벌 떨었다.

피식자는 본능적으로 포식자를 두려워하기 마련이다.

인간에게 나찰이란 그런 존재였다.

그러나 음기 폭주가 시작된 이건하에게는 해당하지 않는 말이었다.

"내가 처리한다. 너희들은 작전대로 움직여라."

"움직이지 마라."

목소리 하나로 무사들의 움직임을 멈춘 유아린은 이건하에게로 시선을 돌렸다.

"대답해라."

유아린의 목소리가 차갑게 깔렸다.

"나의 서하는 어딨지?"

Chapter 89.

이건하가 진입하기 직전.

광명대는 마침 수색 결과를 보고하기 위해 모여 있었다.

그들의 얼굴은 심각하게 굳어져 있었는데, 누군지 모를 이에게서 한 통의 제보가 전해졌기 때문이다.

- 일각 뒤 신태민이 반역을 일으킬 것이다. 사대문을 막아라.

남은 시간은 고작 일각.

다른 이들에게 말을 전하고 병력을 꾸리기에는 턱없이 부족한 시간이었다.

상황을 전해 들은 상혁은 아린을 바라보며 말했다.

"일단 우리들끼리 시간을 끌어야 해. 어떻게 할까?"

이서하가 없을 때는 유아린이 대장을 맡는다.

자연히 결정권은 그녀에게 있었다.

그러자 유아린은 귀신같이 차가운 얼굴로 물었다.

"이건하는 어디서 쳐들어오지?"

"동문입니다."

"그럼 내가 동문으로 간다."

서하가 사라지자마자 반란을 일으켰다.

이것이 과연 우연일까?

절대 아니다.

이 모든 것은 신태민이 짠 판일 것이고 그의 오른팔인 이건 하는 모든 진상을 알고 있을 것이 뻔했다.

"잠깐⋯⋯."

그렇게 아린이 떠나 버리자 모두의 시선이 상혁에게로 향했다.

"나머지 배치는 어떻게 할까요? 선배."

상혁은 잠시 생각을 정리하며 말했다.

"서문에서 나찰들이, 남문에서 김희준의 성도군이 들어온다고 했지? 그러면 지율이랑 이준이, 그리고 민주는 여기 있는 철혈대분들을 모아서 남문으로 가."

"철혈대까지? 그럼 너는 어떡하고?"

"서문은 나 혼자 막는다."

경지가 까마득히 높은 고수는 단신으로 전황을 뒤흔든다.

그렇기에 그 어떤 전쟁에서도 고수는 고수가 상대해야 한다.

병법의 기본 중의 기본.

"나찰이 군대를 끌고 들어오지는 않을 거야."

마수의 움직임이 있었다면 보고가 되었을 터.

"나 혼자 충분히 막을 수 있어. 남문을 부탁한다. 지율아, 민주야."

"걱정하지 마라."

김희준이 엄청난 고수였지만 실력이 향상된 지율이와 민주가 함께한다면 못 막을 것도 아니었다.

거기다 철혈대의 육도검까지 함께하니 적어도 시간은 벌 수 있으리라.

"철혈대에서 발 빠른 분들은 지금 당장 이 사실을 알리고 지원을 요청해 주세요."

철혈대의 노고수들과 수도의 다른 고수들이 합류할 때까지만 시간을 벌면 된다.

"네, 명령대로 하겠습니다."

작전이 내려지고 주지율이 움직였다.

"그럼 이동하자. 따라와. 박민주, 정이준."

"조심해. 상혁아."

"너무 무리하지 마십시오. 선배."

"너네 아린이는 걱정 안 하고 나만 걱정하는 거냐?"

기분이 좋아야 하는 건지, 나빠야 하는 건지 모르겠다.

그렇게 모두를 떠나보내고 도착한 서문.

세 명의 나찰이 안으로 걸어 들어오고 있었다.

무척이나 익숙한 얼굴들.

백야차를 필두로 아카와 유비타였다.

몸을 풀던 상혁은 세 나찰 앞으로 걸어 나가며 말했다.

"거기까지. 수도에는 나찰이 들어올 수 없다."

"마중을 나와 있네?"

"……저놈은?"

말수가 적은 아카가 반응하자 백야차가 의문을 띠었다.

"아는 놈이냐?"

"대곤산맥에서 만난 적이 있습니다."

"그럼 광명대네. 강하냐?"

"강하지 않습니다."

"야야, 다 들려. 기분 나쁘게 면전에서 그런 말을 하냐?"

상혁은 너스레를 떨며 긴장을 풀었다.

아카의 말이 맞다.

상혁은 스스로 약하다고 생각하고 있었다.

이서하와 유아린에 비한다면 말이다.

그렇기에 끊임없이 강해질 방법을 생각했다.

두 사람을 따라가기 위해.

두 사람이 믿을 수 있는 동료가 되기 위해.

그리고 이런 상황에서 당당히 한 축을 담당하기 위해.

"너희는 내 담당이니까. 나 죽이기 전에 못 지나간다. 알겠냐?"

멋들어지게 허세를 부리는 상혁이었으나 백야차의 반응은 심드렁했다.

"아카, 유비타. 빠르게 처리하고 뒤따라라."

그렇게 백야차가 빠른 속도를 지나갈 때.

상혁이 그의 앞을 막아섰다.

"너희는 내가 막는다고 했잖아."

부웅! 하는 소리와 함께 검이 백야차의 가슴을 스쳤다.

백야차는 검이 스친 부위를 힐끗 내려 보고는 상혁에게로 시선을 돌렸다.

'입만 산 놈은 아니네.'

조금 전의 속도만으로도 상혁의 경지가 어느 정도는 된다는 걸 알 수 있었다.

하지만 거기까지.

끽해 봤자 아카나 유비타 하나를 이길 수 있을까?

백야차는 아카와 유비타를 돌아보며 말했다.

"생각이 바뀌었다. 귀찮은 싹은 베고 간다."

그 말이 떨어지기가 무섭게 유비타와 아카가 앞으로 달려 나왔다.

아카가 긴 장검을 횡으로 베었고 동시에 유비타가 공중을 활공하듯 상혁을 습격한다.

피할 길이 없는 공격.

그러나 상혁은 극단적으로 자세를 낮추는 것으로 피했다.

만변무신공(萬變武身功), 제177식 땅거미.

공중으로 피했다면 유비타를 피할 수 없었다.

상혁은 찰나의 순간에도 정확한 판단을 내린 것이었다.

그것이 재능.

타고난 전투 감각이었다.

별다른 소득 없이 상혁의 뒤편에 착지한 유비타는 등에서 칼날을 뽑아냈다.

유비타의 요술(妖術).

칼날의 태(態).

사지가 칼날로 변하며 몸이 붉게 변한다.

거기에 등에서 돋아난 8개의 칼날까지.

총 12개의 칼날이 상혁을 향해 날아들었다.

그 순간 상혁이 이를 악물었다.

신(新) 천뢰쌍검, 구전광(球電光).

검기가 상혁의 주변을 둥글게 감싸고 빛났다.

"크옥……!"

뇌기(雷氣)에 밀려난 유비타는 칼날로 바닥을 긁으며 멈춰섰다.

신(新) 천뢰쌍검.

그것은 만변무신공과 천뢰쌍검을 합쳐 상혁이 직접 창안해 낸 새로운 무공이었다.

'할 수 있다.'

서하와 아린을 따라잡기 위해 만들어 낸 무공.

그 위력은 기대 이상이었다.

그 순간 동시에 아카가 달려들며 요술(妖術)을 사용했다.

대곤산맥에서는 이것에 당했었다.

이윽고 어둠이 상혁과 아카를 감쌌다.

무저갱(無底坑).

안에 있는 이의 오감을 마비시키는 기술이었다.

이것이 아카의 요술.

보이지도, 들리지도, 느껴지지도 않는 그 공간에서 의지할
수 있는 것이라고는 철혈님에게 배운 육감뿐이었다.

이윽고 아카가 접근하는 것을 느낀 상혁은 육감의 인도를
따라 검을 막았다.

검이 부딪치는 소리도, 느낌도 나지 않는다.

제대로 막았는지, 아니면 맞았는지도 모른다.

그것이 무저갱(無底坑)의 무서움이었다.

불확실성이 주는 불안감.

통증조차 없었기에 내가 검에 맞았는지, 아닌지도 모르는
그 불안감이 사람을 미치게 만들었다.

'그땐 막기 급급했었지.'

아무리 육감을 단련한다고 하더라도 평생을 의지해 온 오
감을 잃는다는 것은 절대적인 불리함을 뜻했다.

그렇기에 대곤산맥에서는 손도 써 보지 못하고 얻어맞다가 결국 쓰러졌다.

그때의 경험 이후로 깨달음을 얻은 상혁은 그 누구보다 육감을 날카롭게 단련했다.

'……스스로를 믿어라.'

상혁은 자신을 믿지 못했다.

서하도, 철혈님도 자신을 천재라고 불렀지만 스스로를 그렇게 생각한 적은 단 한 번도 없었다.

항상 앞에는 이서하와 유아린이 있었기 때문이다.

두 친구의 등을 보고 가는 것은 유쾌한 일이 아니었다.

앞에서 불어오는 바람을 두 사람이 다 막아 주고 자신은 편안하게 따라가고만 있는 셈이었으니까.

그렇기에 뭐든 해야만 했다.

서하가 극양신공을 사용하며 목숨을 걸고 싸우는 것처럼.

아린이가 음기 폭주로 스스로를 고문하는 것처럼.

상혁은 자신 또한 무언가를 해야 한다고 생각했다.

죽음을 각오해서라도 항상 승리만을 갈구해야 한다.

'적당히 하는 건 질렸다.'

이길 수 없다면 차라리 죽는 게 낫다.

이윽고 상혁은 아카가 공격해 오는 순간에 맞춰 비기를 사용했다.

신(新) 천뢰쌍검, 적혼(赤魂).

뇌기(雷氣)로 밝아진 무저갱 안에서 아카의 검이 다가오는 것이 보였다.

그렇게 아카의 검이 허리에 닿는 순간.

붉은 번개가 거미의 현상이 되어 무저갱을 산산조각 냈다.

"……!"

아카가 놀란 듯 눈을 뜨는 순간 붉은 번개가 그를 감쌌다.

"큭!"

뒤로 날아간 아카는 피를 토하며 한쪽 무릎을 꿇었다.

"하아, 하아."

한때는 스스로를 인정하지 않았다.

하지만 이제는 아니다.

천재라는 칭호를 짊어지고 살 마음의 준비가 되었다.

"아카의 말이 틀렸네. 넌 강하다."

적당한 곳에 서서 싸움을 관전하던 백야차가 상혁을 향해 다가갔다.

"지금 이 자리에서 죽는 게 아까울 정도로."

그 순간 상혁의 몸이 백야차를 향해 끌려들어 갔다.

중심력(中心力).

이 요술은 알고 있다.

이윽고 이어지는 난타전.

상혁은 있는 힘을 다해 검을 내려쳤다.

'내가 죽어도…….'

백야차의 목을 벤다.

그렇게 현철쌍검이 백야차의 목에 닿는 순간 캉! 하는 소리와 함께 검이 튕겨 나왔다.

"……!"

"이서하가 알려 주지 않았더냐?"

백야차가 오른 주먹을 뻗었고 상혁은 겨우 피했다.

그러나 어느새 백야차의 왼쪽 무릎이 상혁의 복부를 강타했다.

"컥!"

피를 토하며 날아가는 것도 잠시.

상혁의 몸이 다시금 백야차를 향해 끌려들어 갔다.

"네 수준에서는 나를 벨 수 없다."

백야차가 무적(無敵)이라고 불렸던 이유.

양기를 담지 않는 이상 웬만한 고수가 아니고서는 그에게 흠집조차 낼 수 없었기 때문이다.

상혁은 최대한 공격을 피했으나 중심력에 걸린 이상 전면전을 피할 수는 없었다.

이윽고 상혁이 대자로 뻗었고 백야차가 손목을 털었다.

"마무리는 유비타가 해라."

"네, 대장."

피떡이 된 상혁은 거친 숨을 몰아쉬다 고개를 돌려 입안에 고인 피를 뱉었다.

"……마무리는 무슨."

비틀거리며 일어난 상혁.

백야차는 그런 그를 한심하게 바라보았다.

"발악이라도 해 보려고?"

"그래야지. 어차피 내 역할은 시간 끌기야."

그리고는 한 사람을 떠올렸다.

이서하.

언제나처럼 그가 와서 모든 것을 해결해 줄 것이다.

"서하가 오면 너희는 다 끝이다."

"이서하?"

백야차는 아쉬운 듯 중얼거렸다.

"아쉽지만 죽었다더군. 안타까워. 내 손으로 직접 복수하고 싶었는데."

"뭐?"

상혁은 허망한 얼굴로 말했다.

"그럴 리가 없잖아."

"왜? 이서하가 불사신이라도 되나?"

"개소리하지 마. 서하는 결코 죽었을 리가……."

그 순간이었다.

온몸에 소름이 돋는 것과 동시에 동쪽이 은색 빛으로 밝아왔다.

"뭐야?"

숨조차 쉬기 힘들 정도의 한기가 퍼져 나가고 식은땀이 흐르기 시작했다.

그리고 그것은 나찰들도 마찬가지였다.

"……아린아."

그 순간 백야차는 미소를 지으며 작게 중얼거렸다.

"모로 가도 목적지만 가면 된다더니……."

이윽고 저 멀리서 세 명의 노고수가 달려오는 것이 보였다.

청신에서 샨다를 구했을 때 본 적이 있는 노인들이었다.

'귀찮아지네.'

저 셋은 절대 무시할 수 없는 고수들이었다.

백야차야 괜찮겠지만 요술이 깨져 내상을 입은 아카나 유비타는 위험할 수도 있었다.

'인간들 싸움에 굳이 더 낄 필요는 없겠지.'

백야차는 스스로 판단을 내렸다.

"우리는 돌아간다."

어차피 여왕의 손에 모두가 죽을 것이었다.

"나의 서하는 어딨지?"

유아린의 질문에 이건하는 무미건조하게 대답했다.

"이서하는 죽었다."

그 한마디였다.

유아린은 눈을 동그랗게 뜨더니 현실을 부정하기 시작했다.

"……그럴 리가 없어."

"아니, 죽었다."

유아린의 목소리가 떨리고 있었다.

이건하는 그녀를 더욱 흔들기 위해 거짓을 섞어 가면서까지 밀어붙였다.

"진명이 죽였고, 내가 확인했다. 곧 확인할 수 있을 거다. 철혈님이 시신을 가져올 테니까."

이주원의 조언이었다.

이서하가 죽은 걸 알면 유아린은 쉽게 무너질 것이라며 말이다.

"……거짓말."

"믿는 건 자유다. 아니면 직접 가 보든가. 위치는 알려 주지."

"거짓말이야!"

유아린의 외침에 이건하는 고개를 끄덕였다.

이주원의 말대로 유아린의 기가 떨리고 있었다.

동요를 한 것이다.

제아무리 화경의 고수라도 저렇게까지 동요하면 끝이다.

'지금 죽인다.'

유아린이 혼란에서 벗어나기 전에 처리한다.

그렇게 이건하가 다가가는 순간.

유아린의 분위기가 바뀌었다.

"······그럼 진명은 어딨느냐?"

유아린의 기운이 더 커지며 온몸을 압박해 왔다.

더 늦기 전에 죽여야 함은 알고 있었지만, 이건하의 의지와는 달리 몸이 움직이지 않았다.

두려움.

감정을 느낄 수 없는 이건하조차 알 수 있었다.

눈앞의 저 생명체는 격이 다르다는 것을.

"빨리 대답하지 않으면······."

그와 동시에 바닥에서 얼음 칼날이 솟구쳐 올라왔고 이건하는 간신히 피해 내며 자세를 잡았다.

그런 그를 유아린은 허공답보(虛空踏步)를 하며 내려다보고 있었다.

"너 또한 죽을 것이다."

이건하는 거친 숨을 내쉬다 뒤를 돌아봤다.

얼음 칼날이 엉켜 거대한 구조물을 만들었고 그 위에는 부하들의 시신이 걸려 있었다.

"······미쳤군."

이주원.

그의 말대로 유아린은 사라졌다.

그러나 동시에 말도 안 되는 괴물을 깨어나 버렸다.

'속았구나.'

오래전 이서하로 인해 폐기되었던 작전.

은혈천마(銀血天魔)의 강림이었다.

◆ ◈ ◆

약 일각 전, 북문(北門).

백성엽은 선두에 서서 가만히 남악이 있는 방향을 바라보고 있었다.

그렇게 돌입 시간이 다가오자 준비를 마친 서아라가 다가왔다.

"준비 끝났습니다. 장군님."

"그래, 신호가 떨어지면 바로 돌입하라."

"그런데 괜찮은 겁니까? 이런 식으로도?"

"……."

"이대로 신태민 저하가 권력을 잡으면 나라가 반 토막, 아니 산산조각이 날 것을 아시지 않습니까?"

어떤 가문이 아버지, 형제, 아들을 죽인 왕을 따를까?

이 작전이 실행된다면 신평과 계명은 물론 수많은 가문이 반기를 들고 일어날 것이다.

그런 미래를 알면서도 왜 아무 말도 하지 않는 것인가?

서아라가 아는 백성엽의 꿈은 명확했다.

부국강병(富國强兵).

그것을 위해 철인 정치가 가능한 신태민을 지지해 왔던 것이 아닌가?

그러나 작금의 그는 철인 정치는커녕 단순히 권력에 미친 놈이었다.

그를 지지해야 할 이유가 근본적으로 사라진 지금 그의 명을 따르는 것이 무슨 의미가 있는가?

답답함에 서아라는 다시금 대답을 재촉했다.

"말씀해 주시죠. 장군."

"……그래, 이제는 괜찮겠지."

"네?"

서아라가 멍하니 되묻는 순간 백성엽이 몸을 돌리며 말했다.

"새로운 작전을 하달하겠다. 내가 말했던 모든 것은 잊어라. 우리는 지금부터 살생부에 있는 이들을 구하고 신태민의 계획을 막는다."

갑작스러운 변화에 정예 무사들은 일제히 백성엽을 올려 보았다.

당황한 것은 서아라도 마찬가지였다.

그럼에도 백성엽은 묵묵히 지시를 이어 갈 뿐이었다.

"서아라, 너는 네 직속 부하들을 데리고 가주들을 보호해라. 이건하, 김희준, 그리고 나찰들은 내가 토벌하마."

"장군!"

"이제 와서는 세작들도 어쩔 수 없겠지."

사실 신태민의 급조된 계획을 들은 그 순간부터 백성엽은 그를 향한 기대를 접었다.

권력을 위해 나라를 분열시키는 왕은 필요 없었으니까.

하지만 문제는 백성엽 또한 의심을 받고 있었다는 것이다.

그의 부대에는 수많은 세작들이 스며들었을 것이기에 섣불리 움직일 수는 없었다.

그렇기에 마지막의 마지막이 되어서야 본심을 드러낸 것이다.

"그렇다면 서둘러야 합니다. 이미 남, 동, 서문에서 습격이 시작되었을 겁니다."

"괜찮다. 광명대가 시간을 끌고 있을 것이야."

광명대에게 정보를 넘긴 것 또한 백성엽이었다.

그들은 확실하게 믿을 수 있는 아군이었으니 말이다.

"그럼 남악은요? 일이 이렇게 되면 신유민 저하를 구해야 하는 거 아닙니까?"

"살아나오면 좋고, 죽어도 상관없다."

그 부분에 대해서는 이미 생각을 마친 백성엽이었다.

'최악의 경우 내가 왕이 된다.'

권력에 욕심이 있는 것은 아니었다.

일이 잘 풀려 신유민이 살아오면 그를 왕으로 옹립할 생각이었으니 말이다.

그러나 만약 신유민이 죽더라도 이번 일로 가주들의 신임을 얻은 뒤 신태민을 처리하고 자신이 왕으로 올라서면 된다.

어찌 됐든 그것의 나중의 일.

지금 가장 중요한 것은 신태민이 왕위에 오르는 것을 막아야 한다는 것이었다..

"그럼 돌입한다."

그렇게 수도로 돌입한 백성엽의 부대는 사방으로 흩어지기 시작했다.

'아직 들어오지 못했나?'

비명이 들리지도, 차가운 주검이 널려 있지도 않았다.

수도는 평상시의 평온 그 자체였다.

'광명대가 잘 막고 있나 보군.'

생각보다도 광명대가 더 오랫동안 시간을 끌어 주고 있었다.

덕분에 백성엽의 부대는 위치를 잡고 안정적으로 목표한 가주와 대신들을 대피시킬 수 있었다.

그렇게 모든 것이 순조롭게 흘러갈 때였다.

"장군님! 동문에서!"

음산한 음기를 느낀 백성엽은 동문으로 고개를 돌렸다.

북대우림에서도 느껴 본 적 없는 강대한 음기.

'이게 무슨……!'

쾅! 하는 굉음과 함께 동문 쪽에서 얼음 기둥이 솟아올랐다.

무사들의 시체가 꽂힌 괴이한 광경.

모두가 넋을 잃고 바라볼 때 서아라가 중얼거렸다.

"유아린……."

요령성에서 유아린이 폭주 직전까지 가는 것을 본 적이 있다.

이 소름 돋는 음기는 그때의 음기와 너무나도 닮아 있었다.

백성엽은 그녀를 돌아봤다.

"유아린?"

"광명대의 부대장입니다. 요령성에서도 음기 폭주를 일으킨 적이 있어 알고 있습니다."

"저게 인간의 음기 폭주라고?"

음기 폭주를 일으킨 사람이 없었던 것은 아니다.

수백 개의 전장을 누빈 백성엽 또한 동료가 음기 폭주를 일으키는 걸 경험한 적이 있었으니 말이다.

그러나 음기가 폭주했다 하더라도 인간인 이상 결코 저 수준이 될 수 없다.

저것은…….

"나찰이 아닌가?"

그것도 절대 보통 나찰이라고는 볼 수 없었다.

빠르게 판단을 내려야 한다.

저 나찰이 수도의 모든 인간을 죽여 버리기 전에.

"가주들과 대신들을 모두 북문으로 대피시켜라. 어서!"

"대장님은 안 가십니까?"

"난 유아린을 막는다."

백성엽조차 생각지 못한 변수가 터져 버렸다.

◆ ◇ ◆

수도에서 난리가 나기 직전.

남악(南岳)의 왕릉.

서진후는 힘겹게 진명의 공세를 막아 내고 있었다.

몇 번 합을 주고받은 것만으로도 실력의 차이는 알 수 있
었다.

근력, 속도, 내공, 기술.

모든 것이 진명이 한 수 위였다.

'……버틸 수 있나?'

자신에게 의심이 들기 시작했다.

온 내공을 양팔에 모아 어떻게든 강기 싸움을 이어 가고는
있었으나 이마저도 곧 깨질 것이 분명했다.

그렇게 의심이 증폭되는 순간.

강기가 흐트러지며 진명의 절멸도가 서진후의 팔을 스쳤다.

서진후는 화들짝 놀라며 뒤로 물러났다.

'다행히 스쳤나?'

절멸도에 대해 모르는 서진후는 그렇게 생각할 수밖에 없
었다.

'의심하지 말자.'

전장에서 자신을 스스로 의심하는 것은 삼류 무사나 하는 짓이었다.

　서진후가 그렇게 마음을 다잡으며 자세를 잡았으나 진명은 마치 싸움이 끝난 것처럼 왕릉의 입구 쪽으로 몸을 돌렸다.

　가게 놔둘 수는 없다.

　"이게 어딜……!"

　그렇게 외치는 그 순간 머리가 핑 하고 돌며 과거가 스쳐 지나갔다.

　절멸도의 환상이 시작된 것이었다.

　서진후의 인생에 있어 최악의 순간.

　그것은 모함으로 대역죄인이 되어 재판을 받던 때였다.

　재판장.

　믿었던 부하들이 거짓 증언을 하고 쓰지도 않은 편지가 증거랍시고 채택되었다.

　"억울합니다! 저는 아무것도……!"

　그러나 누구도 서진후의 억울함을 들어 주지 않았다.

　그때의 답답함과 억울함이 생생하게 느껴졌다.

　"죄인은……"

　판결이 내려지려는 순간 가장 먼저 떠오른 것은 가족들이었다.

　평생 행복하게 해 주겠다고 맹세한 내 아내는 어떻게 되는가?

　대역죄인의 자식으로 처형당할 아이들은 어떻게 해야 할까?

'내 아들들은?'

아들이라는 두 글자.

그 말에 갑작스럽게 이서하가 했던 말이 다시금 떠올랐다.

'아들에게 자랑스러운 아버지가 되고 싶지 않습니까?'

맞다.

자랑스러운 아버지가 되고 싶었다.

'나는……'

태자 저하를 지켜야 하는 호위 무사다.

두 아들에게 자랑스러운 아버지가 되고 싶어 승낙한 자리.

주인을 지킨 호위 무사보다 영광스러운 것은 없으나 주인을 지키지 못한 호위 무사보다 더 비참한 것 또한 없다.

눈을 뜬 서진후는 재판장을 돌아보며 확신했다.

'이건 환상이다.'

이미 지나간 일이다.

서진후는 처절했던 결투장의 생활들을 아직도 모두 기억하고 있었다.

'나는……'

두 아들의 자랑스러운 아버지가 되어야 한다.

"갈(喝)!"

외침과 함께 환상이 산산조각 나 흩날렸다.

그 순간에도 진명은 왕릉의 문을 열고 있었다.

"우오오오!"

진명은 놀란 듯 서진후를 바라보고는 몸을 피했다.

"……환상에서 빠져나왔다고?"

절멸도는 특수한 음기를 상대에게 주입해 환상을 보여 주는 식이었다.

이 음기를 정화하거나, 혹은 밀어내지 않는 이상 환상에서 빠져나오는 것은 불가능하다.

그러나 서진후는 그것을 해낸 것이다.

왕릉의 입구를 막은 서진후는 자신의 볼을 때리며 말했다.

"내 자식들에게 두 번의 불명예를 줄 수는 없지."

진명은 불쾌한 듯 서진후를 바라봤다.

생각보다 저항이 거셌다.

안에서는 신태민 저하가 기다리고 있었다.

약해질 대로 약해진 국왕에게 신태민 저하가 당할 리는 없었으나 이렇게까지 시간이 끌리는 것이 마음에 들지 않았다.

"환상이 안 통한다면 직접 죽이는 수밖에."

절멸도가 들지 않는다면 직접 죽이는 수밖에 없다.

진명의 분위기가 바뀌고 서진후는 비장하게 자세를 잡았다.

'전면전은 불가능하다.'

이미 수준의 차이는 겪어 알고 있었다.

그렇다면 단 한 번.

혼신의 힘을 담은 한 번의 일격으로 싸움을 끝내야 했다.

동귀어진(同歸於盡).

자신의 목숨을 버려서라도 진명을 제압할 수만 있다면 그걸로 충분했다.

'기회만 오면 된다. 기회만……'

서진후는 선천진기를 끌어올렸다.

그리고 그 순간이었다.

진명이 앞으로 한 걸음을 내디디는 순간 어둠 속에서 사슬이 뿜어져 나왔다.

진명은 빠르게 반응하며 쳐 냈으나 몸이 묶이는 것은 피할 수 없었다.

"……!"

누가 도와주는 것인가?

그런 의문을 가질 여유는 없었다.

기회는 지금뿐.

이번 일격에 모든 것을 걸어야만 했다.

서진후는 선천진기까지 담아 주먹을 내질렀다.

태산권법(泰山拳法), 공명권(共鳴拳).

목숨을 건 일격.

강기가 공명하며 폭발하고 진명의 몸이 저 멀리 날아갔다.

"하아, 하아."

서진후는 거친 숨을 몰아쉬며 자신의 주먹을 쳐다보았다.

이겼다.

비록 노렸던 머리를 정확하게 맞추지는 못했으나 심장이

있을 왼쪽 가슴과 함께 어깨를 전부를 날렸다.

긴장감이 풀린 서진후는 무릎을 꿇었다.

완벽한 한 방을 위해 선천진기를 모두 끌어다 썼다.

목숨을 버려서라도 태자 저하를 지키겠다.

이서하에게는 그렇게 약속했었다.

그 약속을 지킬 수 있어 다행이다.

"그래도……."

마지막 순간에는 자랑스러운 아버지가 될 수 있었다.

'아들아. 떳떳하게 살아라.'

마지막으로 그 말을 전해 주고 싶었다.

서진후가 무릎을 꿇은 채 죽고 어둠에서 나온 금수란이 그를 향해 걸어갔다.

"……잘하셨습니다."

이서하가 붙여 준다던 또 다른 호위.

그것은 금수란이었다.

서진후가 진명처럼 대놓고 습격하는 이들을 막아 내는 호위 무사라면 금수란은 어둠 속에서 자객을 찾아내 죽이는 역할이었다.

그렇기에 금수란은 처음부터 진명과 서진후의 싸움을 지

켜보고 있었다.

진명을 죽일 수 있는 완벽한 기회를 노리면서.

'그 와중에도 낫은 다 쳐 냈다.'

금수란은 자신의 개입이 일회성으로 끝날 것이라는 걸 알고 있었기에 섣불리 움직일 수 없었다.

그만큼 진명이 강했다는 뜻이다.

그렇기에 서진후가 선천진기를 끌어올리는 것을 보고 움직였다.

자신의 공격이 빗나가도 서진후가 끝을 내 줄 수 있을 테니까.

"나머지는 제가 하겠습니다."

이제 신태민만 제압하면 끝난다.

그렇게 생각할 때였다.

있어서는 안 되는 인기척이 느껴졌다.

"……!"

이곳에는 오직 3명의 호위 무사뿐이었다.

그리고 그 셋 중 둘은 죽었다.

그렇다면 이 인기척은 누구의 것인가?

그렇게 고개를 돌린 금수란은 그대로 굳을 수밖에 없었다.

심장이 날아간 진명이 앉은 채로 금수란을 노려보고 있던 것이다.

"이게 무슨…….."

이미 가슴 부위는 전부 회복되었고 날아간 팔의 파편들이 모여들어 재생되고 있었다.

말도 안 되는 광경에 잠시 멍하니 있던 금수란은 빠르게 판단했다.

진명은 살아 있다.

그리고 그를 죽이려면 지금뿐이다.

금수란은 품속에서 단검을 뽑아 들고 진명을 향해 달려들었다.

'저걸 어떻게 죽이지?'

심장을 날려도 죽지 않는 저 존재를 어떻게 죽일 수 있을까?

생각은 나중에 하자.

뭐라도 하지 않으면 저 괴물이 모두를 죽일 테니까.

금수란은 아직 완벽하게 재생되지 않은 왼팔 쪽으로 파고들었다.

'죽어라, 괴물.'

그러나 이미 모습을 드러낸 암살자는 위협이 될 수 없었다.

진명은 재생이 완료되지 않은 팔로 금수란을 후려쳤다.

"……!"

금수란이 성벽에 날아가 큰 소리를 내며 쓰러지고 진명이 자리에서 일어났다.

그리고 그의 왼팔이 다 재생되었다.

진명은 천천히 왕릉 입구로 걸어갔다.

고통에 정신이 나가 버릴 것만 같지만 그런 걸 신경 쓸 때가 아니었다.

무슨 수를 써서라도 신태민을 왕으로 만들어야 한다.

그것이 자신의 존재 의의니까.

"지금 갑니다. 저하."

모든 것은 신태민을 위해서.

그렇게 문을 여는 순간.

하늘에서 한 남자가 날아와 착지하는 것이 보였다.

황금빛 기운을 감싼 남자.

거친 숨을 몰아쉬던 남자는 앞머리를 쓸어 올리며 말했다.

"……너도 살아 있었냐?"

진명은 자신의 눈을 믿을 수 없었다.

이서하.

죽인 줄 알았던 그가 지옥에서 살아 돌아왔다.

◆ ◇ ◆

이서하가 도착하기 직전.

신태민은 전투의 소리를 들으며 술잔을 기울였다.

초조하지 않다면 거짓말일 것이다.

이번 싸움에, 진명의 손에 모든 것이 걸려 있었으니까.

그러나 신태민은 자신의 승리를 믿어 의심치 않았다.

'진명이 질 리가 없다.'

그렇게 생각할 때 신유철이 입을 열었다.

"언제부터 계획한 것이냐?"

"급조된 계획입니다. 사실은 전하가 승하하실 때까지 가만히 있을 생각이었습니다."

이왕 이렇게 된 거 지금까지 숨겨 놓았던 의중을 밝힐 생각이었다.

"항상 하시던 대로 뒤에서 방관만 하셨다면, 아니 적어도 이서하를 붙여 주시지만 않았다면 이런 비극은 일어나지 않았겠죠."

신태민은 이 비극이 자신의 탓이라고 절대 생각하지 않았다.

잘못된 선택을 내린 국왕, 그리고 뒤늦게 왕좌를 탐한 형님의 잘못이라고 여겼다.

"궤변을 늘어놓는구나."

"궤변이라뇨? 사실입니다."

이에 신유철이 노려보자 신태민은 조소와 함께 말했다.

"어떻게? 저를 죽이기라도 하시겠습니까?"

그럴 수 없을 것이다.

과거 국왕 신유철은 신태민에게 있어 동경의 대상이었다.

일각마(一角馬) 위에 올라타 늠름하게 원정에서 돌아오던 할아버지는 눈이 부실 정도였다.

스스로 붙였다는 전신(戰神)이라는 칭호가 너무나도 잘 어울릴 정도로.

존경해 마지않는 그런 존재였다.

그러나 지금은 이빨 빠진 호랑이일 뿐.

실패를 거듭한 뒤 병에 걸려 초라한 말년을 보내는 노인일 뿐이었다.

신태민은 만에 하나라도 자신이 질 거라는 생각을 하지 않았다.

"그럴 수 없겠죠. 이제 그럴 실력이 안 되십니다, 전하."

"……그럼 한번 마지막으로 비무라도 해 볼 테냐? 태민아. 한 번은 날 이겨 봐야지 않겠느냐."

"굳이 그럴 필요가 있겠습니까?"

신태민은 미소로 답을 대신했다.

무서워서 도망가는 것이 아니었다.

가만히 있으면 승리가 확정될 텐데 괜한 모험은 할 필요가 없지 않을까?

"어차피 어느 호위 무사가 살아남느냐에 따라 승패가 결정될 테니까요."

진명과 서진후.

둘 중 살아남는 쪽이 승리하는 싸움이었다.

신태민은 의기양양하게 말했다.

"전하는 누가 이길 것 같습니까?"

신유철은 육감으로 마치 눈앞에서 보는 것처럼 전투를 지켜보고 있었다.

그러나 솔직하게 대답할 수 없었다.

서진후 또한 의심의 여지 없는 고수라고 할 수 있었지만, 시종일관 주도권을 가지고 있는 것은 진명이었다.

이대로라면 서진후가 당할 것이 분명했다.

"왜 말씀을 못 하십니까?"

신태민이 조롱하는 순간이었다.

제3자의 개입과 함께 기의 폭발이 느껴졌다.

일반인이나 다름없는 신유민마저 느낄 수 있을 만큼 거대한 기의 폭발.

서진후가 날린 최후의 일격이었다.

의기양양하던 신태민은 굳은 얼굴로 왕릉의 입구 쪽을 바라봤다.

"……."

이윽고 잠시 상황을 살피던 신유철이 말했다.

"둘 다 죽었구나."

공멸한 것이었다.

선천진기까지 사용한 일격.

진명 또한 무사할 수 있을 리가 없었다.

끝났다.

이서하가 준비한 제3의 인물은 살아남았고 신태민의 검은 부러졌다.

"끝났구나. 태민아."

그때였다.

"……둘 다 죽었다?"

잠시 고민하듯 보이던 신태민은 소리를 내어 웃어 댔다.

"정말 그렇습니까? 둘 다 죽은 게 확실합니까?"

"그렇다. 기의 소멸은 확실하게……."

소멸했을 터였다.

그런데 자신의 손자는 왜 저렇게 미소를 짓고 있는 것일까?

"소멸한 게 맞습니까?"

신태민의 질문과 국왕 신유철의 얼굴이 순식간에 굳어 버렸다.

사그라들었던 진명의 기운이 되살아났던 것이다.

당황한 국왕의 표정을 살핀 신태민은 자리를 박차고 일어나며 말했다.

"전하의 말대로 끝났습니다."

이제야 왕이 될 수 있다.

진명이 이곳에 오기만 한다면 그걸로 끝이 날 것이다.

스스로의 힘으로 왕좌의 자리에 오를 수 있게 된 것이다.

"제가 바로 이 나라의 새로운 왕입니다."

신태민의 선언에 신유철은 분노에 손을 떨고 있었다.

그러나 목소리만큼은 차분했다.

"앉아라. 아직 끝나지 않았다."

병든 국왕의 목소리에는 여전히 패기가 담겨 있었다.

항상 고개를 조아릴 수밖에 없었던 할아버지의 강한 목소리.

신태민은 자기도 모르게 긴장하며 침을 삼켰다.

하지만 이미 승패는 갈렸다.

진명이 이곳으로 와 두 사람의 목을 베는 것만큼 간단한 일은 없을 테니까 말이다.

"아직 끝나지 않았다니. 시간문제인 걸 모르십니까?"

"그렇게 단정 짓기에는 이르지 않느냐?"

신유철은 작게 한숨을 내쉬었다.

"아직 유민이에게는 패가 남아 있단다."

"무슨 패가……."

그제야 신태민은 신유철이 어딘가를 응시하고 있음을 깨달았다.

신태민이 고개를 돌린 그곳에는 황금빛 섬광이 춤을 추며 다가오고 있었다.

극한의 양기.

저런 식으로 기를 운용할 수 있는 것은 이 세상에 단 한 사람뿐이었다.

"이서하……."

도대체 왜?

죽지 않았나?

절멸도로 열 번을 넘게 찔렀다고 하지 않았는가?

인간이라면 살아남을 수 없는 상처를 입고 강에 빠져 실종

되었다고 하지 않았는가?

그런데 어떻게?

왜 지금, 이 순간 나타나는가.

진명이 이곳까지 와 국왕과 신유민을 처리한다면 끝이었다.

딱 한 걸음.

왕좌까지는 고작 딱 한 걸음만 남은 상태였다.

그런데 어째서 끝까지 방해하는가?

"이서하아아아아아아!"

극도의 불안감과 함께 두 기운이 부딪쳤다.

◆ ◈ ◆

진명.

분명 죽었을 거로 생각했다.

그건 상대도 마찬가지겠지.

나는 진명을 노려보다 활짝 열린 문밖으로 시선을 돌렸다.

성벽에 머리를 박은 금수란은 정신을 잃은 상태였다.

그리고 그리 멀지 않은 곳에는 한 사내가 무릎을 꿇은 채

고개를 숙이고 있다.

'서진후 무사님.'

멀리서도 알 수 있었다.

그가 죽었다는 것을.

미래를 바꾼다는 핑계로 또 한 사람을 희생시킨 것이었다.

'나는……'

누군가의 희생을 발판 삼아 미래를 바꾸고 있다.

그런 주제에 지금까지 남모르게 극양신공에 제한을 걸고 있었다.

전처럼 모든 것을 태우고 산화할 수는 없다면서.

나는 중요한 사람이니 할 일이 많다면서 말이다.

그러나 진명이 보여 준 환상으로 다시금 깨달았다.

한순간의 회피가 모든 것을 망쳐 버릴 수 있다는 것을 말이다.

내 회귀 전 인생처럼.

그러니 이제는 눈앞의 싸움에 모든 것을 건다.

"시작하자."

내 말이 떨어지기 무섭게 진명이 앞으로 달려들었다.

'진명은 회복을 할 수 있는 게 분명하다.'

적오의 심장과 같은 능력일까?

아니, 그보다도 더 엄청난 능력일 수도 있다.

그러니 오래 끌지 않는다.

나는 진명이 다가오기를 기다렸다 반지의 힘을 폭발시켰다.

펑! 하는 소리와 함께 진명의 오른팔이 날아갔다.

평범한 싸움이었다면 여기서 끝이었을 것이다.

그러나 진명의 팔은 순식간에 새로 돋아나고 있었다.

'초재생.'

갈리아에서는 저런 종류의 능력을 초재생이라고 불렀었다.

처음 보는 것은 아니다.

그리고 나는 초재생을 상대하는 법을 잘 알고 있었다.

단순하다.

'재생할 수 없을 정도로 빠르게 벤다.'

나는 모든 기를 심장으로 올려 극양신공을 사용했다.

"흐으읍!"

이번 전투는 단 한숨으로 끝낸다.

인지를 초월한 속도로 검을 휘두르고 근육이 비명을 지른다.

관절이 비틀리고 인대가 끊어지기 직전까지 늘어난다.

낙월검법(落月劍法).

인간의 한계를 벗어난 자세로 기이한 초식들이 이어졌다.

이위화부터 천양겹화까지.

단 한 순간도 쉴 수 없다.

진명이 재생할 수 없을 때까지 절대로 멈추지 않으리라.

"우오오오오오!"

미래를 지키기 위해 오늘의 나를 죽인다.

Chapter 90.

Chapter 90.

회복해야 한다.

마치 화산이 폭발하는 것처럼 이서하는 끊임없이 몰아쳤다.

첫 합에서 이미 주도권은 이서하에게 넘어갔다.

'어떻게든 재생한다.'

진명은 이를 악물고 이서하의 공격을 피하며 오른팔을 회복시켰다.

말로는 형용할 수 없는 고통이 밀려든다.

그러나 오른팔을 재생시킴과 동시에 이서하의 공격이 파고들었다.

가슴을 깊게 베이고, 다리가 절단된다.

하나하나가 바로 재생하지 않으면 안 되는 상처들이었다.

'더 빠르게.'

어떻게든 더 빠르게 재생해 주도권을 가져와야만 했다.

'더 빠르게!'

한때는 불사의 능력을 저주했었다.

산족(山族)으로 태어난 진명은 어린 시절 영토 밖으로 나왔다가 아미숲에서 마수의 습격을 받은 적이 있었다.

그런 그를 구해 준 것은 관군이었다.

"괜찮니, 꼬마야?"

당시 관군은 양천 허씨 가문의 한 무사가 이끌었다.

진명은 그 무사가 보는 앞에서 다리를 회복했다.

징그럽게 여길 거라 생각했던 것과 달리 무사는 초롱초롱한 눈이 되어 말했다.

"우와! 이게 산족의 능력이냐? 엄청난걸? 다리만 회복할 수 있는 거야?"

"……아뇨, 다 가능합니다."

어린 진명은 칭찬에 쑥스러워하며 말했었다.

그것이 비극의 시작이었다.

"한번 실험해 봐야겠네."

무사의 검이 진명의 머리를 때렸고 눈을 떴을 때는 온몸이 포박된 상태였다.

그리고 이어진 것은 끝없는 실험이었다.

"너는 내 보물이다."

온갖 독을 주입당하고 또 재생했다.

독에 당한 장기가 어떻게 변하는지, 눈의 구조는 어떻게 되는지, 단전은 어디에 존재하는지, 그 모든 것을 진명의 몸으로 실험했다.

실험이 끝난 뒤에 찾아온 것은 그보다 백배는 고통스러운 재생의 시간.

지옥과도 같은 나날이었다.

오직 인격 없는 실험체로 살아가던 진명을 구해 준 것은 신태민이었다.

비록 실험을 주도하던 무사가 없을 때였으나 신태민은 관련된 모든 이들을 죽였다.

그리고 진명을 만난 신태민은 웃으며 말했다.

"너 산족이라며? 네 실험 일지를 보고 알았다. 목숨을 잃지만 않으면 그 어떤 상태에서 재생한다고 말이야. 어때? 네가 죽이고 싶은 인간들을 전부 죽일 수 있게 해 주마."

"……!"

"나와 함께 가겠느냐?"

신태민은 빛이었다.

사라졌던 절멸도를 찾아 주고 자유를 주었다.

거기에 복수할 힘까지.

신태민은 어둠으로 가득했던 인생의 한 줄기 빛이었다.

그렇기에 생각했다.

'나는⋯⋯.'

신태민을 왕으로 만들기 위해 존재한다.

실험체로 죽는 것보다는 훨씬 의미 있는 인생이 아닐까.

진명은 그때부터 모든 것을 바쳤다.

설령 그것이 수라(修羅)의 길일지라도.

'신태민 저하를 위하여.'

그것이 진명이 살아가는 의미였다.

신태민을 왕으로 만드는 것.

그런데 어째서⋯⋯.

이 남자를 따라가지 못하는가?

"너는 왜⋯⋯."

진명은 이해할 수 없다는 듯 물었다.

"도대체 어째서 싸우는 것이냐!"

이서하, 저자는 누가 왕이 돼도 상관없는 삶을 살고 있지 않았던가.

도대체 무슨 이유로 목숨을 거는가?

어째서 신유민을 왕으로 세우려고 하는가?

출세가 목적인가?

고작 그런 각오를 가진 사람에게 지는가?

진명의 외침에 이서하가 말했다.

"나는⋯⋯."

이서하의 기합과 함께 진명의 신체가 사선으로 갈렸다.

뒤로 물러나던 진명은 뛰어나온 신태민을 발견하고는 빠르게 재생했다.

절대로 쓰러질 수는 없다.

신태민 저하의 눈앞에선 절대로.

나는 불사(不死).

부러지지 않는 신태민의 검이다.

그렇게 잠시 한눈을 파는 순간.

이서하의 검이 진명의 목을 날렸다.

◆ ◈ ◆

너는 왜 싸우는 것이냐?

나는 진명의 질문에 답하지 않았다.

모두를 위해서? 그런 거창한 이유를 붙이고 싶지 않았다.

그럴 그릇도 안 되니까.

그냥 나 자신을 위해서다.

다시는 비극적인 미래를 보고 싶지 않았을 뿐이었다.

"아슬아슬했네."

마지막 순간 그가 한눈을 팔지 않았다면 목을 벨 수는 없었을 것이다.

나는 친히 뛰어나온 국왕 전하와 신유민 저하, 그리고 신태민을 돌아봤다.

"끝났다. 신태민."

하지만 나의 말에도 신태민은 상황을 받아들이지 못하고 외쳤다.

"……일어나라. 진명."

아무 대답이 없자 그는 미쳐 날뛰기 시작했다.

"일어나라고! 뭐가 불사냐! 고작 이렇게 죽을 거라면 뭐가 불사냔 말이다!"

그렇게 울부짖은 신태민은 실성해 검을 빼 들었다.

"그래, 그럼 내가 직접 하지."

그리고는 신유민 저하를 향해 달려든다.

너무나도 느리다.

진명에 비하면 어린아이와도 같은 움직임이었다.

나는 신유민 저하를 지키기 위해 움직이려다 발을 멈추었다.

나보다 먼저 움직인 이가 있었던 것이다.

챙! 하는 소리와 함께 신태민이 뒤로 밀려나고 신유철 전하의 음성이 들려왔다.

"여기는 나에게 맡겨 주겠느냐? 서하야."

그리고는 씁쓸하게 말했다.

"내 손자 교육을 잘못했으니 벌을 받아야지."

스스로에게 내리는 벌이었다.

하지만 이에 신태민은 코웃음을 쳤다.

"그렇게 해 주시면 저야 고맙죠. 할아버님."

신태민 또한 초절정 수준은 되는 고수였다.

아무리 국왕 전하가 과거 화경 그 이상의 경지까지도 올랐다고 하더라도 쉽게 제압할 수는 없을 것이었다.

그러나 마지막이 될지 모르는 국왕 전하의 부탁을 거절할 수도 없는 일이었다.

"마지막 대련이다. 손자야."

신유철의 말에 신태민이 괴성을 지르며 달려들었다.

그 순간.

신유철의 뒤로 마치 귀신과도 같은 형상이 나타났다.

전신(戰神).

모든 것을 얼어붙게 할 정도의 살기.

그와 동시에 신유철의 검이 신태민의 팔을 베었다.

"으아아아악!"

신태민이 비명을 지르고 전하가 피를 토하며 말했다.

"나머지 죗값은 모두가 보는 앞에서 받도록 하거라."

대역죄인은 모두가 보는 앞에서 사형을 시켜야만 했다.

국왕 전하는 비틀거리며 나에게 다가와 말했다.

"뒷일은 부탁하마."

그렇게 강력했던 정복왕은 누구보다 초라하게 퇴장하고 있었다.

◆ ◈ ◆

상황이 종료되고 나는 가장 먼저 신태민의 출혈을 막았다.

신태민은 모두의 앞에서 적법한 절차를 걸쳐 처형당해야만 한다.

그래야만 신유민 저하의 권력을 더욱 공고히 할 수 있을 테니까.

국왕 전하가 굳이 신태민을 살려 둔 이유도 그 때문일 것이다.

직접 베기 힘들었을 수도 있겠지만.

그렇게 사태를 일단락한 직후, 또 다른 문제로 시선을 돌렸다.

"아마 수도 또한 아비규환일 것입니다."

"그렇겠지."

신태민이 단독으로 움직였을 가능성은 매우 적었다.

국왕 전하와 신유민 저하를 죽이더라도 그 세력이 온전히 남아 있다면 왕권을 공고히 할 수 없기 때문이다.

"제가 가서 상황을 보고 오겠습니다. 금수란 씨는 신태민을 계속해서 주시해 주세요."

정신을 차린 금수란은 고개를 끄덕였다.

설령 신태민이 난동을 부리더라도 그녀가 봐준다면 문제없을 것이다.

"그래, 그렇게 하거라."

상황 정리는 다 되었다.

하지만 한 가지 중요한 일이 남았다.

"그리고 서진후 씨는……."

죽은 서진후의 처우였다.

아무리 그래도 밖에 두는 것은 마음에 들지 않았다.

물론 왕릉은 왕가의 사람만이 안치될 수 있는 곳이었기에 설령 그것이 아주 잠시라도 서진후가…….

"안으로 모시기로 했다."

……아무래도 내가 걱정할 필요는 없었던 모양이다.

신유민 저하는 내가 원하는 걸 딱 알아듣고 바로 대답을 주었다.

이것이 신유민 저하가 신태민보다 낫다고 판단한 이유이기도 했다.

틀에 박히지 않은 사고방식.

왕릉에 일개 호위 무사를 들일 수 있는 사람은 아마 이 사람뿐일 것이다.

"감사합니다. 저하."

"내가 더 감사해야지. 생명의 은인인데."

신유민 저하는 서진후의 시신이 옮겨지는 걸 바라보며 말했다.

"말이 많은 사람은 아니었지만 그래도 두 아들 이야기를 물어볼 때만큼은 행복한 얼굴로 자랑을 하더구나."

숙연해진다.

그가 나에게 직접 찾아와 참관 수업에 가 달라고 했던 때가 기억났다.

나는 멀어지는 서진후를 바라보며 생각했다.

'죄송합니다.'

또 빚이 생겨 버렸다.

"수도에 가면 나를 대신해 서진후의 두 아들도 꼭 구해 주길 바란다."

"네, 저하. 그리하겠습니다."

안 그래도 그럴 생각이었다.

서진후가 어떤 사람이었는지, 또 어떤 일을 해냈는지를 두 아들은 알 필요가 있다.

"그럼 먼저 내려가 보겠습니다. 국왕 전하께는……."

"내가 잘 말씀드리마. 한시가 급했다고."

국왕 전하는 운기조식에 들어간 상태였다.

아마 오래 걸릴 것이다.

망가진 몸으로 그 정도 힘을 낸 것부터가 말이 되지 않았으니까.

"그럼."

그렇게 왕릉을 나선 나는 가장 먼저 집중력을 최대한으로 끌어올려 육감을 사용했다.

수도의 상황을 미리 보고 가기 위함이었다.

'아직 문에 머물러 있구나.'

다행히 신태민의 부하들은 시내로 돌입하지 못한 듯싶었다.

모든 전투가 사대문 바로 앞에서 벌어지고 있었고 대부분은 익숙한 기운이었다.

'친구들이다.'

상혁이와 아린이의 기운이 가장 크고 지율이나 민주의 기운도 느껴진다.

아직 늦지 않았다.

모두를 살릴 수 있을 것이다.

그렇게 생각할 때였다.

"……!"

오싹한 기운과 함께 나는 눈을 떴다.

집중할 필요도 없이 엄청난 음기가 몰려오는 것이 느껴졌고 이윽고 굉음이 들려왔다.

쿠궁!

"……아린아."

멀리 떨어진 왕릉까지 들릴 정도의 충격.

아린이가 음기 폭주를 일으킨 것이었다.

그것도 지금까지와는 차원이 다른 폭주.

서둘러야 한다.

그녀의 폭주 원인 같은 걸 생각할 시간도 없었다.

아린이를 막을 수 있는 건 나뿐이니까.

내가 가야만 한다.

아린이가 모두를 죽이고 완전히 미쳐 버리기 전에.

'……제발.'

회귀 전의 비극이 반복되어서는 안 된다.

◆ ◆ ◆

약 일각 전, 남문(南門).

축제가 한창인 상황에서도 전미도는 수비대의 기강을 강하게 잡았다.

"모두가 논다고 해서 우리까지 놀 수 있는 건 아니다! 모두 위치로!"

그 탓에 남문의 무사들은 피곤한 얼굴로 성벽 경계를 서고 있었다.

"아이고, 왕가의 명주가 민간인들에게도 풀렸다던데."

"그러게 말이다. 어쩌다가 우리가 남문에 배정돼서."

"잡담 금지!"

지나가던 부장 중 한 사람이 외치고는 부하들에게 다가가 말했다.

"대장님 들으면 좆 되니까 입 다물어. 나도 좆같다."

"고생 많으십니다."

"피차 마찬가지다."

이런 날에 무슨 일이 생긴다고.

그런데 그 순간이었다.

성벽 위로 전미도가 올라오며 황급히 외쳤다.

"수비대! 어째서 상황을 보고하지 않는가?"

상황 보고?

"보고할 게 없습니다만……."

부장이 멍하니 말하자 전미도가 그의 머리를 후려쳤다.

"지금 동문, 서문, 북문에서 반란군이 쳐들어오고 있다는 걸 못 들었나?"

"드, 듣지 못했습니다."

정말로 못 들었다.

억울함도 잠시 전미도가 죽일 듯 부장의 멱살을 잡으며 말했다.

"그래? 그럼 저것도 못 봤나?"

저거?

그렇게 고개를 돌린 부장의 시야에 성도군이 나타났다.

기척을 숨기고 성문 앞까지 천천히 다가온 것이었다.

"성도군이 왜 저기에…… 안에서 놀고 있는 거 아니었습니까?"

"그러니까 말이야."

전미도는 선두에 선 김희준을 내려다보았다.

'김희준…….'

전미도와 김희준은 동기였다.

학창 시절 항상 기분 나쁘게 홀로 있던 김희준.

그런 그에게 말을 걸어 주는 건 전미도뿐이었다.

그 이유는 단순했다.

모든 동기와 친하게 지내야 한다.

완벽주의적 성향이 거기서도 나온 것이었다.

하지만 그렇다고 해서 저 남자가 기분 나쁘지 않은 것은 아니었다.

"당장 성문을 닫아!"

전미도의 명령과 함께 남문이 닫히고 김희준은 어깨를 으쓱하며 말했다.

"이런, 이런. 들켰네."

"어떻게 할까요? 가주님."

"열어 달라고 해야지. 내 친구거든."

김희준은 미소를 짓고는 전미도 앞으로 걸어갔다.

"오랜만이다, 미도야. 밖에서 말이나 좀 달리다가 이제 도착했는데, 문 좀 열어 줄래?"

"말 같지도 않은 소리를 하고 자빠졌어 진짜."

저런 헛소리에 문을 열어 줄 거라고 생각한 것일까?

전미도는 크게 외쳤다.

"족히 500은 데리고 잠시 바람이나 쐬고 왔다고? 그것도 완전 무장을 한 채? 너라면 믿겠냐?"

"그렇지, 안 믿겠지."

13

김희준은 어깨를 으쓱한 뒤 말했다.

"그럼 뭐, 힘으로 열어야지."

전미도는 코웃음을 쳤다.

이 수도는 나찰과의 전쟁에서 최전방 요새로 활약한 곳이다.

단순히 힘으로는 열 방법이 없다는 말이었다.

그렇게 안심하는 것도 잠시.

넉살 좋게 웃고 있는 김희준을 바라보고 있자니 불현듯 불안감이 고개를 내밀었다.

'뭐지? 다른 수가 있는 건가?'

내부의 도움 없이는 쉽게 넘볼 수 없는 철옹성을 마주하고도 태연하게 웃어 보인다?

어디서 나오는 자신감일까?

저 자신감의 근원이 무엇일까 고민할 그때.

문득 한 가지 생각이 머릿속을 스쳐 지나갔다.

적은 안에도 존재한다.

"도르레를 지켜!"

전미도가 결정을 내리기 무섭게 명령을 내렸지만, 안타깝게도 성문은 서서히 벌어지고 있었다.

김희준은 팔을 활짝 벌리고 웃었다.

"이번에는 내가 이겼다. 미도야."

김희준은 전미도의 성격은 잘 알고 있다.

모든 것을 원칙에 따라 진행하는 그녀는 아무리 좋은 술을 풀어 준들 단 한 모금도 허락하지 않을 것이었다.

그렇기에 안에 사람들을 남겨 두고 나온 것이다.

암습, 기습, 공작은 김희준의 부하들이 가장 자신 있어 하는 것이었으니까.

"막아!"

전미도는 성벽에서 뛰어내린 뒤 도르래를 돌리는 김희준의 부하를 향해 달렸다.

그러나 전미도의 검은 김희준의 손에 잡혔다.

"넌 가만히 있어라. 미도야."

그리고는 번쩍 들어 던진다.

날아간 전미도는 바로 자세를 잡으며 외쳤다.

"수비대 전원! 성도군을 막아라!"

그러나 오랜 평화에 찌든 수비대와, 김희준과 함께 계속해서 실전을 경험해 온 성도군에는 메꿀 수 없는 차이가 존재했다.

전미도는 학살당하는 부하들을 바라보며 거친 숨을 몰아쉬었다.

'어쩌지?'

이대로 뚫리는가?

김희준 따위에게 지는가?

그때 김희준이 말했다

"넌 안 죽일 거야. 우리 친구잖아."

저 말이 진짜일까?

나는 살아남을 수 있는 것인가?

자기도 모르게 안도하는 순간이었다.

"철혈대 돌겨어어어어어억!"

갑작스럽게 철혈대가 나타나고 김희준의 앞으로 주지율이
걸어왔다.

"네가 대장이냐?"

익숙한 자세와 긴 창.

김희준은 반가운 듯 주지율을 가리키며 말했다.

"오, 너?"

"……?"

주지율은 고개를 갸웃했다.

"성도의 가주가 날 알아?"

"알지, 알아."

김희준은 기대 가득한 눈으로 말했다.

"무과 치를 때 창 쓰던 놈 아니야. 네 기술은 완성됐느냐?"

무과를 치를 때?

순간 주지율은 괴한을 기억해 내고 눈을 떴다.

"너였구나. 우리를 습격한 게."

"정확히는 이서하를 죽이려고 했지. 아 그때 죽였으면 편
했을 텐데."

전미도는 멍하니 두 사람의 대화를 들었다.

그런 그녀를 향해 정이준이 다가와 말했다.

"남문 수비대장님이시죠? 괜찮으십니까?"

"어? 어. 괜찮다."

그 순간이었다.

김희준이 살기를 내뿜으며 주지율을 향해 움직이기 시작했다.

"어디 얼마나 늘었나 보자."

안 된다.

당시 무과를 졸업했다면 이제 고작 3년이 지난 것이 아닌가?

절대로 이길 수 없다.

김희준은 절대로……

"도망쳐!"

그 순간.

주지율이 바람처럼 움직이며 김희준의 옆구리를 베었다.

구룡창법, 제1식, 풍뢰룡(風雷龍).

바람처럼 유연하고, 번개처럼 빠르게.

직접 보고도 믿지 못할 정도로 완벽한 초식에 전미도가 입을 벌렸다.

"참, 우리 선배들 대단해."

정이준은 팔짱을 끼고 서서 말했다.

"저 인간 저것만 매일 1,000번씩 합니다."

한 초식만 매일 천 번.

이윽고 주지율은 바로 몸을 돌려 두 번째 연계 초식을 사용했다.

구룡창법, 제2식, 적화룡(敵火龍).

주지율의 창이 반월을 그렸다.

화기(火氣)가 일렁이는 것을 본 전미도는 작게 중얼거렸다.

"화경의 경지?"

기의 성질을 바꾸는 것.

화경의 경지만이 가능한 일이었다.

그런 의미로 화기를 내뿜는다는 건 주지율도 화경의 경지라는 소리.

그러나 정이준이 바로 정정해 주었다.

"정확히는 저 기술을 사용할 때만 그 경지라고 볼 수 있지만 말이죠."

내공과 외공, 거기에 신체 균형 및 마음가짐까지.

주지율은 오직 구룡창법의 초식들에 온 신체를 맞추었다.

구룡창법, 제3식, 백금룡(白金龍)

땅을 긁어 올려 치는 기술.

흙과 함께 창이 날아들자 김희준은 환도를 꺼내 막았다.

여기까지는 전에 본 것들뿐이었다.

각 초식의 위력이 올라가긴 했으나 아는 기술에 당할 정도로 김희준은 호락호락하지 않았다.

"고작 이 정도냐?"

김희준이 그렇게 외치는 순간.

주지율이 남은 기를 끌어올렸다.

구룡창법, 제4식, 회우룡(灰雨龍).

총 7번의 찌르기.

한 번 한 번이 모두 급소를 노리는 것들뿐.

"……!"

새로운 기술에 당황하는 것도 잠시.

김희준은 황급히 7번의 찌르기를 모두 막아 내며 뒤로 물러났다.

그러나 끝나지 않았다.

주지율은 이를 악물며 기를 끌어올렸다.

창에 양기가 모이고 주지율은 참았던 숨을 내뱉으며 외쳤다.

"죽어어어어어!"

구룡창법, 제5식, 만황룡(滿黃龍).

거대한 황금빛 용이 김희준을 향해 날아들었다.

이미 7번의 찌르기를 막느라 균형이 무너진 상태.

'이건…….'

절대 피할 수 없다.

'우오오오오오!'

피할 수 없다면 막아 낸다.

찰나의 순간 김희준은 기를 끌어올려 방출했다.

그러나 준비할 시간이 짧았던 탓일까?

아니면 주지율이 만든 황금빛 용이 너무 강한 탓인가.

"이런……."

김희준은 어느새 코앞까지 다가온 용을 바라보며 실성한 듯 미소 지었다.

"이건 좀 아프려나?"

이윽고 황금용이 김희준의 왼팔을 집어삼켰다.

절단되어 날아가는 팔에 오만가지 생각이 들었다.

상실감.

저걸 다시 붙일 수는 있나?

앞으로는 불편하게 살겠네.

그런 시답잖은 생각들이었다.

'아프진 않네.'

기대하던 고통은 없었다.

그저 아쉬울 뿐.

어차피 왼팔이었으니까 그럴 수도 있다.

'슬슬 제대로 해야겠군.'

가볍게 신기한 기술이나 구경하려다 생각지도 못한 손실이 일어났다.

목숨까지 걸 생각은 없었으니 슬슬 진지하게 임해야만 했다.

그렇게 날아간 팔이 땅에 닿기도 전.

김희준이 주지율을 향해 달려들었다.

"……!"

자신의 약함을 잘 아는 주지율은 방심하는 법이 없었다.

그러나 구룡창법은 기본적으로 적을 죽이지 못하면 내가 죽는 극단적인 무공.

방어법 같은 건 존재하지 않았다.

캉! 하는 소리와 함께 주지율이 뒤로 밀려났다.

구룡창법을 사용할 때는 느낄 수 없었던 수준의 차이가 느껴지기 시작했다.

팔, 다리, 가슴, 어깨.

김희준은 마치 가지고 놀듯 주지율의 몸을 난도질하고 있었다.

그렇게 주지율이 창에 기대 겨우 서 있는 상황이 되자 김희준이 입을 열었다.

"사지를 하나씩 잘라 주마."

팔다리가 잘리는 것이 어떤 고통인지 눈으로 직접 봐야 알 수 있을 것만 같다.

그리고 그때 주지율이 고전하는 것을 멀리서나마 확인한 이재민이 외쳤다.

"광명대원을 지켜!"

한 명이라도 죽었다가는 서하를 볼 면목이 없다.

그렇게 철혈대원들이 여덟 방향에서 김희준을 덮쳤다.

"죽어!"

그러나 그들 모두 김희준의 상대가 될 수는 없었다.

"방해하지 마라."

김희준의 환도가 춤을 추자 철혈대원들의 피가 흩뿌려졌다.

성도군에게 둘러싸인 이재민은 이를 악물었다.

"이런 망할!"

주지율에게 지원을 가야 했으나 포위를 뚫을 수가 없다.

그렇게 피투성이가 된 주지율과 김희준만이 서 있을 때였다.

휘잉!

바람을 가르는 소리에 김희준은 본능적으로 몸을 틀며 팔을 들었다.

푹! 하는 소리와 함께 오른팔에 화살이 박히고 김희준이 미소를 지었다.

"그럴 줄 알았다."

광명대에는 신궁(神弓)이 있다.

이건하가 해 준 말이었다.

화살 따위 알고만 있다면 막는 건 그리 어렵지 않다.

'초장거리 저격인가?'

뛰어난 궁사는 전장에서 가장 성가신 존재.

김희준은 주지율을 돌아보며 말했다.

"기다리고 있어라. 저것부터 처리하고 올 테니."

"거기 서……!"

김희준의 뒤를 따라가려던 주지율이 휘청거렸다.

이미 한 발자국조차 움직일 수 없을 만큼 심한 부상을 당한 상태.

거기에 철혈대는 김희준의 상대가 되지 않았다.

그렇게 그 누구도 김희준을 막아 내지 못할 때였다.

"거기까지야. 김희준."

전미도가 그의 앞에 나타났다.

옛 친구를 발견한 김희준은 발을 멈추고는 너스레를 떨었다.

"이야, 너무하네. 친구가 이렇게 힘들게 싸우는데 좀 봐줘라."

김희준이 헤벌쭉 웃으며 말하자 전미도가 몸을 떨었다.

"누가 네 친구야? 난 너같이 역겨운 새끼랑 친구 한 적 없어."

"……뭐?"

"불쌍해서 말 좀 걸어 줬더니 달라붙어서는."

전미도는 이를 악물었다.

왕따 같은 건 없는 완벽한 학관 생활을 보내고 싶었을 뿐이다.

누구에게나 상냥하고 친절하며 문무를 겸비한 그런 존재가 되기 위해서.

"기분 나쁜 새끼."

말이 비수가 되어 꽂힌다.

김희준은 평생 내 편이라는 존재를 가져 본 적이 없었다.

가족들은 그를 수치스럽게 여겼으며 부하들은 두려움으로 따를 뿐이었다.

당연하게도 친구는 없었다.

동물 같은 것들을 잡아다 고문하는 것이 취미인 김희준에게 말을 걸고 싶어 하는 또래는 없었으니까.

그럴 때 나타난 것이 전미도였다.

유일하게 혐오의 감정 없이 자신을 봐 주는 사람.

아니, 그렇게 봐 줬다고 생각한 사람이었다.

"와……."

그렇게 충격을 받은 김희준이 입을 여는 순간.

화살이 날아와 김희준의 심장에 꽂혔다.

아무리 고통을 느끼지 못한다 해도 이번 일격은 치명적일 수밖에 없었다.

그렇게 목숨이 끊어져 가는 상황에서도 김희준은 전미도 만 내려다보았다.

그래도 자신을 이해해 준다고 생각했었다.

그러나 전부 거짓이었다니.

김희준에게는 단 하나의 내 편조차 없던 것이다.

"이건 좀 아프네."

심장이 아프다.

지금에서야 고통이 무엇인지 조금은 알 것만 같았다.

이강진이 수도에 돌아왔을 때는 이미 유아린이 폭주를 일 으킨 상태였다.

"……이게 무슨 일이란 말이냐?"

수도가 초토화되고 있다.

유아린의 음기에 반응한 마수들이 신유민 측이든, 신태민 측이든 가리지 않고 학살 중이었고 유아린은 이건하를 찾아 폭주하고 있었다.

"아린이를 말려야 한다."

서하가 학관에 다닐 때부터 보던 아이였다.

미래에는 손주며느리로 삼으려고 찍어 놓기도 했다.

그러니 말려야 한다,

이강진이 그렇게 아린을 향해 가려고 할 때 황현이 그를 붙잡았다.

"안 됩니다! 가주님."

"안 된다니. 그게 무슨 소리냐?"

"아린 아가씨를 진정시킬 방법은 없습니다. 죽이는 수밖에 없단 말입니다."

"······."

이강진도 알고 있다.

저 정도로 음기 폭주를 일으킨 사람은 다시 제정신으로 돌아올 수 없다는 것을.

"일단 도련님들부터 챙겨야 하지 않겠습니까? 저 안에 청신가의 모든 사람들이 있습니다."

"그래, 네 말이 맞구나."

일단 산 사람들부터 챙겨야 한다.

이강진은 일단 모든 것을 무시하며 수도 안으로 들어갔다.

그렇게 도착한 저택.

다행히도 누군가 습격한 흔적은 없었다.

"안에들 있느냐!"

이강진의 외침에 마당에 모여 있던 이들이 시선을 돌렸다.

"아버님!"

가장 먼저 이강진을 향해 달려온 것은 둘째 이상원이었다.

이강진은 걱정 어린 얼굴로 안을 돌아봤다.

"모두 다친 덴 없느냐?"

"네, 경원이도, 준하도, 그리고 하인들도 모두 무사합니다.
철혈대는 밖으로 나가 습격자들을 상대하는 중입니다."

"그래, 잘했다."

"다만……."

상원은 잠시 뜸을 들이다 말했다.

"형님이 보이지 않습니다."

"장원이가?"

첫째가 없다.

하지만 이내 걱정할 필요가 없다는 확신을 가졌다.

'수도를 습격한 건 건하 녀석일 터.'

자기 아버지 정도야 미리 안전한 곳에 보내 두었겠지.

"걱정하지 말거라. 장원이는 어딘가에 있을 것이다."

그때였다.

한 하인이 우물쭈물 다가오더니 이강진과 눈을 마주치고는 넙죽 엎드렸다.

"주, 죽을죄를 지었습니다! 가주님."

영문을 알 수 없는 행동.

"……무슨 죄를 지었단 말이냐?"

"제, 제가 미처 고하지 못한 것이 있습니다."

불길한 예감에 이강진의 심장이 뛰기 시작했다.

"그렇다면 무엇 하고 있느냐! 어서 고하지 않고!"

이강진의 호통에 하인은 부들부들 떨며 말을 이어 갔다.

"어제저녁. 이장원 병참부장님이 돌아가셨습니다."

"……뭣이?"

이강진은 하인의 어깨를 잡아 들어 올렸다.

"어째서! 도대체 왜 죽었다는 말이냐!"

"그, 그것이……."

"빨리 고하라!"

"이건하 도련님의 손에 돌아가셨습니다."

"뭐?"

순간 이강진의 손에 힘이 들어가 하인이 비명을 질렀다.

"아버님! 진정하십시오."

이강진은 하인을 떨어트린 뒤 멍하니 주변을 돌아봤다.

그러고 보니 어젯밤부터 장원이가 보이지 않는다.

바닥에 떨어진 하인은 다시금 엎드리고는 보고를 이어 갔다.

"병참부장님은 이건하 도련님의 명령으로 제가 손수 묻어 드렸습니다."

"어디에 묻었느냐?"

"그, 그것이 이건하 도련님 저택 뒤편에……."

"뒤편? 뒷간이나 하인들이 있는 그곳에 묻었단 말이냐?"

"죽을죄를 지었습니다!"

손을 파르르 떨던 이강진은 이내 표정을 굳혔다.

"그래, 그랬단 말이지. 잘 말해 줬다. 현아, 나머지 가족들은 네가 데리고 탈출해라. 북문 쪽은 포위가 없었으니 충분히 나갈 수 있을 것이다."

"가주님은……?"

"나는 할 일이 많구나."

이강진은 그렇게 멍하니 저택 밖으로 걸어 나가며 말했다.

"장원아. 나를 용서해라."

손자를, 네가 사랑했던 아들을 용서할 수 없는 나를.

동문(東門).

유아린의 폭주와 함께 이건하 또한 동시에 음기 폭주를 일으켰다.

수많은 환청과 온갖 살의가 그를 덮쳤으나 이건하는 평온

함을 유지했다.

감정이 없다는 건 음기 폭주의 광기에서도 저항할 수 있다는 뜻.

이건하는 하늘에서 쏟아지는 얼음 칼날을 전부 피하며 수도 안으로 들어갔다.

'차라리 잘됐다.'

유아린은 점점 이성을 잃어 가고 있었다.

폭주 초기에는 이건하를 향해 적대감을 가지고 있었으나 지금의 그녀는 이 세상 모든 생명을 말살하려 하고 있었다.

'적당히 날뛰어라.'

적이든 아군이든 수도의 모든 이들을 죽이고 새로 판을 짜면 될 일이었다.

그렇게 수도 안쪽으로 파고들던 이건하는 가장 먼저 신평 가문의 사람들이 모인 곳으로 향했다.

'계명보다는 신평이 우선이다.'

계명은 변경을 지키는 가문일 뿐.

왕국 내부의 영향력은 매우 적다고 볼 수 있었다.

그에 비해 신평은 그 자체로도 왕국을 세울 수 있을 만큼 강한 가문.

이들을 먼저 제거하는 것이 상책이었다.

박진범과 그의 일가를 제거하고 신평을 손에 넣는다.

4대 가문은 새로운 세상에 필요 없다.

그렇게 신평가의 저택에 도착하기도 전 이건하는 목표를 만날 수 있었다.

"거참 술맛 한번 좋다고 생각했더니."

박진범이 취하지 않은 부하들과 함께 나온 것이었다.

유아린이 수도를 완전히 박살을 내고 있었으니 가만히 있는 게 더 이상한 일이다.

박진범은 목을 쓰다듬으며 이건하에게 말했다.

"그쪽이 이 미친 사태를 일으킨 건가?"

이건하는 대답 없이 자세를 잡았다.

"찾아가는 수고를 덜었네."

박진범은 그런 이건하를 보며 피식 웃었다.

"당돌하네. 아니면 오만이거나."

왕국 내에서 그를 홀로 상대할 수 있는 무사는 많지 않았으니 말이다.

실제로 과거 이건하와 박진범이 싸웠다면 박진범의 압승으로 끝났을 것이다.

거기다 박진범에게는 부하들 또한 존재한다.

누가 봐도 이건하가 지는 싸움이었다.

그러나 지금은 달랐다.

이건하는 음기를 더욱 끌어올렸다.

모든 것을 죽이라는 환청과 불쾌감, 살인 욕구 등등 수많은 감정이 치고 올라왔다.

하지만 이건하는 감정이 없다.

-죽여라, 죽여라, 죽여라.

귀찮은 환청이 들려온다.

이건하는 음기를 온몸으로 펼쳤다.

그리고 그때 박진범이 부하들에게 말했다.

"얘들아. 죽여라."

박진범의 명령과 함께 신평의 고수들이 이건하를 에워싸며 달려들어 갔다.

그러나 이건하는 이들을 무시하며 땅을 박찼다.

일검류(一劍流), 용섬(龍閃).

거대한 음기가 공간마저 비틀었다.

"가주님!"

박진범의 친척이자 그의 조력자인 박춘범이 앞으로 달려나오고 박민아가 박진범을 밀었다.

이건하의 검은 박춘범과 그의 언월도를 동시에 베어 버리고도 앞으로 나아갔다.

"아……."

박춘범의 몸이 사선으로 떨어지는 것과 동시에 검기가 뒤에 있던 담벼락을 잘랐다.

"하아, 하아."

박민아는 믿을 수 없다는 듯 이건하를 바라봤다.

저건 화경(化境)의 경지.

아니, 그 이상일지도 모른다.

이건하는 스스로도 믿을 수 없다는 듯 자신의 손을 내려다 보았다.

"이것이……."

음기 폭주.

혼신의 힘을 담아야 하는 일검류의 초식을 사용했음에도 전혀 지친 느낌이 나지 않았다.

아니, 오히려 홀가분하다.

"나는 강하다."

드디어 자신이 꿈꿔 왔던 그 힘을 손에 넣은 것이었다.

모든 문제를 오직 무(武)로 해결할 수 있는 그런 강함.

이건하는 박진범과 박민아를 돌아보며 말했다.

"내가 왕국 최강이다."

그때였다.

"여기 있었구나. 건하야."

목소리의 울림에 전신이 떨린다.

형용할 수 없는 공포감.

쿵! 하는 발걸음 소리에 심장이 떨어지는 것만 같았다.

"한 가지만 물으마."

이윽고 고개를 돌린 그곳에는 거대한 체구의 남자가 서 있다.

무신(武神) 이강진.

애검(愛劍) 혈염산하(血染山河)를 손에 든 그는 나지막이 말했다.

"내 아들은 왜 죽였느냐?"

자식을 잃은 아비의 목소리였다.

이강진은 손자를 가만히 바라봤다.

음기 폭주 특유의 광기는 보이지 않지만, 온몸에서 차가운
음기가 뿜어져 나오고 있다.

누가 보더라도 음기에 잠식된 상황.

그럼에도 불구하고 이강진은 일말의 희망을 버리지 않았다.

"음기 폭주 때문에 제정신이 아니었던 것이냐?"

이건하가 자기 아비를, 제 핏줄을 죽인 것은 그가 제정신이
아니었기 때문이라는 희망을 말이다.

그러나 이건하는 그 기대를 저버렸다.

"그렇지 않습니다."

"그렇다면 어째서⋯⋯!"

"할아버님이 그렇게까지 흥분하는 건 처음 보는 거 같군요."

무덤덤한 이건하의 얼굴에는 일말의 죄책감조차 없었다.

"제 아비는 그리 중요한 사람이 아니지 않습니까?"

이건하에게 있어 아버지, 이장원은 한심하기 그지없는 사
람이었다.

스스로 이룩한 것 하나 없으며 가진 것이라고는 청신이라
는 배경밖에 없는 무능한 사람.

셈이 조금 밝다는 이유로 병참에 들어갔고 부장 자리에 오

른 것마저도 오랜 근무 기간 덕분이었을 뿐.

어차피 실무는 다른 사람이 한다는 말이 많았다.

즉, 이장원은 왕국에서도 가문에 있어서도 그다지 중요한 사람이 아니었다.

그렇다면 사라져도 상관없는 것이 아닌가?

게다가 허세는 또 얼마나 많은지 어디만 가면 잘난 척을 하며 쓸데없는 말을 흘리고 다녔다.

"아버지는 입이 가벼운 사람입니다. 그저 계획이 새어 나갈 가능성이 있어 처단했습니다."

만약 그대로 남겨 두었다면 하룻밤 사이에 수도 전체가 신태민의 계획을 알게 되었을 수도 있다.

"무슨 문제라도 있습니까?"

필요에 의해, 필요 없는 자를 처단했다.

그것이 문제가 될까?

물론 할아버님이야 아들이 죽었으니 슬플 수 있다.

그러나 어차피 어디 내보이기 창피한 아들 아니었는가?

대의를 위해 죽었는데 그것이 문제가 될까?

손자의 말을 들은 이강진은 한참을 우두커니 서 있을 뿐이었다.

인정하는 데 시간이 걸린 것이다.

이윽고 이강진이 입을 열었다.

"······그렇구나."

그 한마디엔 인정과 체념이 들어 있었다.

"그래서 죽였느냐? 네 아비를, 내 아들을."

떨리는 목소리에서 분노가 절절하게 느껴졌다.

예전이었다면 무서워서 오금이 저렸을 것이다.

무려 무신(武神)의 분노다.

그 누가 멀쩡히 마주할 수 있을까.

그러나 지금의 이건하는 전혀 두려워하지 않았다.

그것이 실력에 대한 자신감인지, 음기 폭주로 인한 공포감 상실 덕분인지는 알 수 없었다.

'이렇게 된 거…….'

무신을 죽이고 새로운 세대의 태양이 된다.

"뭐가 그리 노여우신지는 모르겠으나……."

분노로 감정이 흔들리는 지금이 기회다.

그리고 이건하에게 망설임은 없었다.

"새 시대를 위해 잠드소서. 무신."

일검류(一劍流), 용섬(龍閃).

무신은 실력을 과신한 것인지, 분노에 이성을 잃은 것인지 제대로 된 자세조차 잡고 있지 않았다.

이번 한 방으로 무신의 전설을 끝낸다.

그렇게 이건하가 이강진의 허리를 향해 파고드는 순간.

온 신경이 곤두서며 그의 시간이 느려지고.

어느새 이강진이 검을 높게 들었다.

일검류(一劍流), 일도양단(一刀兩斷).

음기 폭주 상태의 이건하는 느려진 세상 속에서 위기를 직감했다.

'누가 더 빠른가?'

자신의 검이 무신의 허리를 베는 것이 빠를까?

아니면 무신의 검이 자신의 몸을 반으로 가르는 것이 더 빠를까?

찰나의 차이였다.

이윽고 천분의 일 초가 흐르자 이강진의 검이 떨어지기 시작했다.

이건하는 그제야 확신했다.

'내가 느리다.'

확신이 든 이건하는 자세를 바꾸며 검을 들어 올렸다.

막아 내야만 한다.

이강진은 혼신의 힘을 전부 검에 불어넣었다.

강기와 강기의 대결.

그것도 무신과의 대결이었다.

이윽고 시간이 다시 정상적으로 흐르기 시작하고…….

찌이이잉!

강기의 격돌과 함께 충격파가 퍼져 나갔다.

"꺄악!"

박민아를 비롯해 주변에 있던 모든 무사들이 중심을 잃고 날아감과 동시에 이건하는 이를 악물었다.

'이게 무슨…….'

발이 지면으로 파고든다.

조금이라도 긴장을 늦추면 관절이 꺾여 몸이 반 토막 날 것이었다.

'나는…….'

음기 폭주는 이전이었다면 상상할 수도 없었던 큰 힘을 주었다.

단 한 번도 경험해 보지 못한 경지는 이건하에게 새로운 세상을 보여 주었다.

모든 무인들을 내려다볼 수 있는 경지.

그렇기에 이건하는 무신을 상대로도 대등한, 아니, 더 우위를 점하리라 확신했다.

그러나 그가 알지 못한 것이 있었으니.

천외천(天外天).

하늘 위에는 또 다른 하늘이 있는 법이었다.

"으아아아아아!"

이건하가 괴성을 지르며 힘을 주었으나 이강진은 묵묵히 손자를 내려다볼 뿐이었다.

이건하는 그런 이강진을 향해 말했다.

"어째서 내 앞길을 막으십니까?"

"……."

새로운 세상에는 새로운 피가 필요하다.

무신이 아무리 강하다고 한들 천년만년을 살 것이 아니라면 새 시대를 위해 물러나야 하는 것이 아닌가?

새로운 사람들이 서로 경쟁하는 것을 뒷짐을 지고 봐야 하는 것이 아닌가?

"왜 저물어 가는 당신이 새 시대를 막는 것입니까?"

"……고작 그게 궁금하더냐?"

누르는 힘이 더 강해진다.

더는 말할 여유도 없다.

"죽는 순간에도 그것이 궁금한 것이냐?"

얼마나 이를 악물었는지 이빨이 잇몸으로 밀려 들어가며 피가 나기 시작했다.

그러나 이강진은 묵묵하게 말을 이어 갈 뿐이었다.

"네가 궁금해야 하는 것을 알려 주마."

이건하가 궁금해야 하는 것은 따로 있었다.

"나는 전쟁터가 좋았다. 수련하고, 호적수를 만나 베고, 강자들을 상대하며 살아 있음을 느꼈다. 그러던 중 얼굴도 본 적 없는 여자와 결혼하고 애를 낳으라고 하더구나."

생사를 넘나드는 순간에도 할아버지의 목소리는 생생하게 들려왔다.

"그렇게 낳았다. 애가 나왔으니 돌아오라는 말에 귀찮아 짜증 냈지. 그런데 돌아와 장원이를 보니 생각이 바뀌더구나."

지금도 이강진은 아주 당당하게 말할 수 있었다.

처음 아이를 안았을 때.

그때가 인생에 있어 가장 행복한 순간이었다고.

"그때부터는 전쟁터가 싫더구나. 애를 보고 싶었다. 하루라도 더 애 얼굴을 보고 싶었지. 전쟁터를 나가는 건 아이를 위함이었다. 적을 없애 안전한 세상에서 살게 하기 위해. 내가 사라져도 그 아이에게 어떤 힘든 일도 존재하지 않도록. 내가 원한 건 그뿐이었다."

그러나 인간의 욕심은 끝이 없었다.

처음에는 아이가 건강하게만 커 주기를 바랐으나 더 나아가 인정받기를 원했다.

자신보다 더 위대한 사람이 되어 사람들에 칭송받는 그런 인생을 살게끔 하고 싶었다.

그래서 실수를 저질렀다.

수련을 강요하고 선인이 되라 괴롭혔고 아들이 실패할 때마다 실망감을 감추지 않았다.

그렇게 둘째 상원이 두각을 드러냈을 때.

이강진은 장남에 대한 기대를 접고 자유라는 명목하에 그를 방치했다.

그것이 지금까지 후회된다.

그 아이가 얼마나 자괴감에 빠져 살았을지.

어떻게든 무사로 성공하겠다며 병참까지 자원해 들어간

아들의 마음을 이강진은 결코 헤아릴 수 없었다.

"내가 모자라 장원이를 힘들게 했으나 그 아이는 나의 보물이었단다."

그렇게 감정이 격해진 이강진은 자기도 모르게 손에 힘을 넣었다.

이건하가 한쪽 무릎을 꿇었으나 이강진은 추억을 계속해 나갔다.

"건하야. 네가 태어나던 날, 장원이가 처음으로 활짝 웃더구나."

자신이 그랬던 것처럼.

아들 또한 똑같은 행복을 맛보았을 것이다.

그렇기에 안심할 수 있었다.

손자를 뒷바라지하며 행복해하는 아들을 보며 안도할 수 있었다.

"네가 무과에 합격했을 때. 네 아비는 나와 경원이를 불러 두 시진 동안 쉬지 않고 네 자랑만 하더구나."

허세를 부렸다.

자기 아들은 이 나라의 기둥이 될 것이라며.

막내아들 경원은 몰라도 이강진은 그저 묵묵히 듣기만 했다.

그저 이장원이 행복해하면 그만이었다.

"네가 선인이 되던 날. 네 아비는 눈물을 흘렸다. 자기가 못다 이룬 꿈을 이뤘다고. 네가 나의 꿈을 이뤄 줬다고."

무표정한 이강진 얼굴에 눈물방울이 흘러내렸다.

"그런 아비를, 그런 내 아들을 네가 죽였구나."

이강진의 손에 힘이 들어가자 이건하의 팔이 꺾이기 시작했다.

솔직히 할아버지가 무슨 소리를 하는 건지 공감이 되지 않았다.

하지만 머리로는 이해할 수 있었다.

그렇기에 이용할 생각이었다.

"……그럼 저를 죽이시면 안 되는 거 아닙니까?"

"……."

"제 아버지가 이걸 좋아하실 거 같습니까! 절 그토록 사랑하는 아버지가 복수를 바랄 거 같습니까?"

이강진의 힘이 약해지는 것이 느껴졌다.

됐다.

자신의 실력을 과대평가하고, 무신의 실력을 너무 얕보는 실수를 저질렀지만, 감정을 파고들면 충분히 빈틈을 만들 수 있으리라.

"그래, 원하지 않겠지."

"그렇다면 부디 뒤로 물러나……."

그때 이강진이 말을 끊었다.

"그러나 원하지 않더라도 해야만 하는 일 있는 법이란다."

다시금 이강진의 팔에 힘이 들어갔다.

"저승에서 사죄하거라. 건하야."

"이강지이이이이인!"

순간 이강진의 검이 수직으로 떨어졌다.

이건하의 검이 반으로 부러지고 그의 몸이 사선으로 두 동 강 났다.

"아……."

이건하의 몸이 뒤로 넘어가고 이강진은 묵묵히 서 있을 뿐 이었다.

손자를 베었다.

아들이 가장 사랑하던 이를 죽였다.

그래야만 했으니까.

이강진은 피 묻은 손을 내려다보며 중얼거렸다.

"힘이라는 게……."

그렇게 좋은 것만은 아닌 것 같다는 생각이 들기 시작했다.

그러나 아직 그에게는 할 일이 남아 있었다.

이강진은 이건하에게는 눈길조차 주지 않고는 발걸음을 옮겼다.

이건하는 죄인이다.

많은 이들의 가족을 죽인 죄인.

아무리 손자라도 이 모든 비극을 만든 죄인부터 챙긴다는 건 순서가 아니었다.

이강진은 가장 먼저 박진범의 앞으로 걸어가 허리를 숙였다.

"미안하오, 박 가주. 손자의 죄를 내가 대신 사과드리겠소."

"……."

박진범은 친척 박춘범의 시신을 바라봤다.

분노가 없다고 하면 거짓말이다.

지금이라도 이건하의 시신을 난도질하고 싶은 마음이었다.

그러나 이강진에게는 뭐라고 할 수가 없었다.

존경해 마지않던 무신도 비극 앞에서는 평범한 노인일 뿐이었으니까.

박진범은 주먹을 쥐며 말했다.

"당신이 져야 할 책임은 다 지셨습니다. 무신이여."

"이해해 줘서 고맙소."

이강진은 쓸쓸한 미소를 보이고는 시선을 돌렸다.

"하지만 아직 하나가 남은 듯싶구려."

마치 벌레를 내려다보듯, 하늘 위에서 인간들을 응시하고 있는 존재.

유아린.

그녀의 손에 이미 너무나도 많은 사람들이 죽었다.

마수들은 민간인, 관료, 무사 할 것 없이 평등하게 학살했다.

백성엽의 친위대가 달려들어 막고 있었으나 희생자의 수는 셀 수도 없을 정도.

이미 한계가 오고 있었다.

'손주며느리도 죽여야 하는가?'

더는 그러고 싶지 않았다.

어떻게든 저 아이만큼은 살리고 싶었다.

얼마나 착한 아이인지를 옆에서 봐 왔기에 쉽게 포기할 수가 없었다.

"얼른 돌아오거라. 서하야."

저 아이만큼은 내 손으로 죽이고 싶지 않다.

그렇게 무신이 처음으로 다른 누군가에게 의지하는 순간이었다.

남악에서부터 황금빛 기운이 밝아 왔다.

이서하.

국왕 전하를 지키러 떠났던 이강진의 또 다른 손자였다.

'해냈구나.'

복잡한 감정으로 고개를 숙이고 있던 이강진은 이젠 죽어 차가워져 가는 손자에게로 다가갔다.

'네 말이 맞다, 건하야. 새 시대는 새로운 사람이 이끌어야지.'

그리고는 이건하의 눈을 감겨 주며 말했다.

"그게 네가 아니었을 뿐이다."

구시대의 마지막이 다가오고 있었다.

Chapter 91.

수도가 눈에 보이기 시작한다.

얼음 기둥에는 무사들의 시체가 꽂혀 있고 마수들은 도시를 초토화시키고 있었다.

마치 회귀 전 은혈천마가 강림했을 때처럼.

그렇게 수도는 파괴되고 있었다.

'반복된다.'

반복되고 있다.

아무리 미래를 알고 대처해도 최악만 면할 뿐, 비극은 계속되고 있었다.

'서둘러야 한다.'

더 빠르게.

오늘 죽는 한이 있더라도 아린이를 막아야 한다.

내가 살려 준 그녀의 인생이 죽은 것보다 못하게 둘 수는 없으니까.

그 순간이었다.

'할아버지의 기운!'

할아버지가 수도에 있다.

순간 불안한 생각이 들었다.

할아버지가 아린이와 싸우게 된다면?

그리고 두 사람 중 하나가, 아니 두 사람 전부 죽게 된다면 어떻게 될까?

"망할!"

상황이 좋지 않다.

이윽고 수도에 도착한 나는 동문을 통과해 내부로 들어설 수 있었다.

그렇게 마주한 수도 내 풍경.

"……."

그곳은 내가 알던 수도가 아니었다.

"민간인부터 확보해!"

서아라가 소리를 지르며 무사들을 지휘하고 있다. 기와집은 무너지고 곳곳에선 비명이 난무하며 수많은 부상자가 속출하고 있었다.

그 순간 내가 할 수 있는 건 생각하는 방법을 잊고 가만히 아비규환의 현장을 바라보는 것 뿐이었다.

"······이서하?"

그런 나를 깨워 준 것은 서아라였다.

"뭐야? 죽은 거 아니었어?"

"죽을 뻔했죠."

"······그래."

피차 묻고 싶은 말이 많았지만 그럴 여유는 없었다.

"그럼 빨리 복귀하지 않고 뭐 해! 네 여자 친구 진정시키지 못하면 다 죽는 거 몰라?"

"알고 있습니다."

서아라는 고개를 끄덕이고는 바로 멀어졌다.

"민간인들은 의원이 아니라 대피소로 옮겨! 중상자도 상관 없다. 의원에는 무사들만 간다!"

나는 작게 한숨을 내쉬었다.

'이미 늦었어.'

수도는 시시각각으로 파괴되고 있었고, 너무 많은 사람이 죽었다.

그러나 늦었다고 생각할 때라도 해야 할 일은 해야 하는 법이다.

나는 내가 있어야 할 곳으로 달려 나갔다.

그렇게 아린이가 시야에 들어오는 순간.

누군가가 날아와 내 옆에 처박혔다.

"으윽! 아 죽겠다. 죽겠어."

"한상혁?"

상혁이였다.

완전히 넝마가 된 상태였다.

성한 곳이 하나도 없었고 얼굴은 형체를 알아보기 힘들 정도로 부어 있었다.

목소리가 아니었다면 상혁이라고 생각하기도 힘들었을 것이다.

"한상혁! 설마 아린이한테 당한 거야?"

그렇게 외치는 순간 상혁이 멍하니 있다 나를 안았다.

"이 미친놈아! 살아 있었구나!"

상혁이의 떨림이 손을 타고 등으로 이어졌다.

'그렇구나.'

내가 죽었다고 생각하고 있었을 것이다.

그렇기에 아린이도 폭주한 것이다.

부동심법으로 그녀는 인생의 기준을 나에게 맞춰 놓았다.

오직 내가 옳다는 말하는 것을 진리라고 믿으며 삶의 의미를 나에게서 찾았다.

그러라고 가르쳐 준 건 아니었지만, 나는 그녀가 세상을 살아가는 데 필요한 나침반이 되었다.

그런 나침반이 파괴되며 방향을 잃었다.

기준이 사라지며 무너져 내린 그녀가 폭주하는 건 당연했다.

그것도 걷잡을 수 없을 정도로.

"수고했다. 이제 내가 할게."

"그래, 네가 좀 해라."

상혁이는 그제야 조금은 안심한 듯 힘을 빼며 누웠다.

"나 진짜 더 하면 죽을 거 같아."

"지금도 금방 죽을 거 같긴 한데."

"장난할 힘 없어. 좀만 쉰다."

그리고는 그 자리에서 눈을 감는다.

그렇게 영영 깨어나지 못했다…… 같은 일은 없겠지.

나는 민간인을 구출하는 철혈대를 향해 손을 흔들었다.

"거기! 이 친구 좀 약선님에게 데려다주지 않겠나?"

"네!"

다행히 철혈대 무사는 내 얼굴을 알고 있어 명령을 내리기
편했다.

상혁이를 의원으로 보낸 나는 전투가 벌어지고 있는 장소
로 향했다.

그곳에는 세 명의 노고수분들과 박민주, 그리고 백성엽이
있었다.

그중 가장 먼저 나를 발견한 것은 박민주였다.

"서하야!"

지붕 위를 뛰어다니던 민주는 그대로 나에게 날아와 안겼다.

139

"살아 있었으면 말을 해야지!"

눈물을 흘리는 민주.

이렇게까지 걱정해 주다니 감동이다.

"지율이는?"

"지율이는 싸우다가 저기……."

민주가 가리킨 곳에는 주지율이 짚단 위에 누워 겨우 숨만 쉬고 있었다.

"성도 가주한테 당한 상처가 낫지도 않았는데 따라와서……."

"이준이는?"

"겁먹고 공황이 와서 안전한 곳에 숨겨 뒀어."

어쩔 수 없다.

잔머리로 뭔가를 할 수 있는 수준은 이미 넘었으니 말이다.

아마 자신의 무력함을 혼자 맛보고 있겠지.

그렇게 민주에게 상황을 보고받는 사이 백성엽이 다가왔다.

"이서하. 정말로 살아 있었구나."

"대장군."

나는 주변을 돌아봤다.

"신태민 저하의 편이 아니었습니까?"

"그랬었지. 하지만 이젠 아니다."

서아라가 민간인을 구출하고 있을 때부터 감은 왔다.

신태민의 세력이 민간이 구출 같은 것에 신경 쓸 리는 없으니 말이다.

그렇다는 건 내가 알던 역사와 다르게 백성엽 장군이 신유민 저하의 편으로 돌아섰다는 뜻이었다.

이는 매우 고무적인 일이다.

나찰과의 전쟁에서 백성엽과 그의 정예들의 도움을 받을 수 있을 테니 말이다.

이번 일만 잘 넘기면 회귀 전과는 비교도 할 수 없을 정도로 강한 새 시대를 맞이할 수 있을 것이다.

잘만 넘긴다면.

"자세한 이야기는 나중에 하고 상황부터 알려 주마."

백성엽은 한숨과 함께 아린이를 돌아봤다.

아린이는 세 노고수들이 막아 주고 있었다.

그러나 그 또한 위태로워 보였다.

"김씨!"

"안다고, 알아!"

대장장이 김씨가 특유의 화기(火氣)로 한기를 밀어내 준 덕분에 도공 최씨와 화백 박씨가 어떻게든 곁에 다가서긴 했지만 거기까지다.

"크윽!"

온몸을 휘감는 한기에 최씨가 황급히 뒤로 물러났고 박씨의 철편은 얼어붙어 산산조각이 났다.

"……이런!"

뒤이어 아린의 권풍에 박씨가 날아가고.

"우오오오오!"

대장장이 김씨가 몸에 화기(火氣)를 두르고 달려들었다.

그러나 아린이가 내뿜는 극한의 한기를 뚫기는 역부족.

"망할!"

김씨 할아버지의 몸이 얼어붙기 시작했고 역시나 얼음 칼날에 어깨를 관통당했다.

"크으윽!"

김씨마저 쓰러지자 아린은 하늘로 솟구쳐 주먹을 쥐었다.

그러자 하늘에서 얼음 송곳에 떨어지기 시작했다.

무차별적인 폭격.

피할 수 있는 곳은 없었다.

"잠시……."

백성엽은 기운을 끌어올렸다.

그의 검이 불꽃이 일렁이더니 이내 10척 크기의 거대한 화염검으로 변화되었다.

초열검법(焦熱劍法), 극열(極熱).

강력한 화기가 허공을 베고 얼음 송곳이 전부 산산조각 나흩뿌려진다.

백성엽은 작게 한숨을 내쉰 뒤 말했다.

"이런 상황이다. 어떻게든 막아 내고는 있지만 뚫리는 건 시간문제다."

"제가 어떻게든 해 보겠습니다."

"그래, 그래야 할 거야. 네 친구가 그러더구나. 너라면 저 나찰을 진정시킬 수 있을 거라고. 하지만……."

백성엽은 분노 가득한 얼굴로 나의 멱살을 잡았다.

"만약 네가 막을 수 없다면 그때는 기다리지 않고 철혈님과 함께할 것이다. 알겠나?"

당연하게도 백성엽은 할아버지가 온 것을 알고 있었다.

"그리고 저 나찰을 죽여 버릴 것이야."

"……."

"네 동료들과 철혈대의 세 선배를 봐서 기다리고 있던 것뿐이다. 살아 있어서 반갑지만 기대받은 만큼 해내야 할 거야."

백성엽은 내 멱살을 놓고는 주변을 돌아봤다.

수많은 무사들의 시체가 바닥을 뒹굴고 있었다.

"이들 모두가 내 손으로 직접 훈련시킨 제자들이다. 당연하게도 모두 가족이 있지. 그런 이들을 네 여자가 다 죽인 것이다."

화가 날 것이다.

그러나 아린이 또한 죽일 수는 없다.

잃은 전력보다 더한 힘을 보유한 그녀까지 잃고 싶지는 않을 테니 말이다.

"어떻게든 책임을 지게 해라."

"그럴 생각입니다."

물론 죽음으로 책임지게 할 생각은 없었다.

아린이의 폭주를 막는 건 어렵지 않다.

내가 죽었다고 생각해 폭주를 일으켰다면 살아 있는 걸 보여 주는 것만으로도 이성을 되찾을 수 있을 것이다.

나는 백성엽에게 말했다.

"아린이는 제가 막을 수 있으니까요."

"……."

백성엽은 못 미더운 듯 나를 바라봤다.

하지만 난 언제나 그랬듯이 그 의심을 믿음으로 바꿔 줄 생각이다.

나는 그나마 멀쩡한 건물 꼭대기로 올라간 뒤 아린이를 향해 소리쳤다.

"유아린!"

그렇게 소리치자 아린이가 나를 돌아보았다.

나는 기세를 이어 소리쳤다.

"이게 그만해도 돼. 아린아."

난 살아 있다.

"네가 복수할 대상은 없어."

돌아와라. 유아린.

아린이는 그렇게 동그란 눈으로 나를 한참 동안 내려다보았다.

이윽고 아름다운 입술이 열렸다.

"속지 않아."

잉?

그 순간 아린이의 등 뒤로 천 개의 얼음 칼날이 만들어졌다.

"이 세상은 이제 필요 없어."

망할.

상황을 판단할 새도 없이 천 개의 얼음 칼날이 나를 향해 쏟아졌다.

"서하야!"

이렇게 되리라고는 상상치도 못했다.

'이미 완전히 이성을 잃었구나.'

나를 알아볼 이성조차 남아 있지 않은 것이다.

피할 수 있을까?

하지만 어디로?

그렇다고 받아칠 수 있나?

반지의 기운은 이미 진명과 싸우면서 사용했고 남아 있는 내공으로는 이 공격을 막을 수가 없었다.

하지만 어쩌겠는가?

발버둥은 쳐 봐야지.

"우오오오오!"

남아 있는 양기를 끌어올리는 그 순간이었다.

"네가 아무리 고수라 해도……."

익숙한 목소리.

이윽고 검풍이 아린이의 얼음을 전부 박살 냈다.

"방심하면 죽는다고 하지 않았느냐? 서하야."

할아버지.

무신, 이강진의 등장이었다.

"아린이가 많이 아파 보이는구나."

할아버지는 나의 허리를 안아 들고는 백성엽이 있는 곳으로 향했다.

"대장님!"

세 노고수가 허리를 숙여 인사하고 백성엽 또한 포권으로 예를 표했다.

"백성엽입니다."

"그래, 마음을 돌려 줘서 고맙네. 대장군."

이강진은 씁쓸하게 웃었다.

"우리 손자 놈도 그랬어야 하는데."

이건하 이야기였다.

그러고 보니 이건하의 기운이 사라졌다.

설마 하는 생각에 할아버지를 바라보는 사이 백성엽이 입을 열었다.

"마침 잘 오셨습니다. 이서하로도 저 폭주를 잠재울 수 없다는 걸 확인했으니 제거하는 쪽으로 작전을 바꾸겠습니다. 이의는 없으십니까?"

세 노고수는 헛기침하며 한숨을 내쉬었다.

"작전은 간단합니다. 저희 넷이 저 나찰의 시선을 빼앗는 동안 무신님께서 목을 베는 것입니다."

"아직……."

"방금 시도를 실패해 놓고 더 할 말이 있는가?"

"방법은 있습니다."

다만 위험할 뿐.

"이성을 조금만 되찾아 저를 알아볼 수 있게만 만들면 됩니다. 모두가 도와주면 할 수 있습니다."

"아니, 한 번 실패한 것으로 끝이다."

"그러지 말게, 대장군."

할아버지의 말에 백성엽은 인상을 찌푸렸다.

그렇지만 전처럼 대놓고 거절하지는 못했다.

역시 든든한 뒷배가 있어서 다행이다.

"네 계획을 한번 들어 보마. 서하야."

"다가가서 양기를 불어넣기만 하면 됩니다."

"하아."

내 계획에 백성엽이 크게 한숨을 내쉬었다.

"다가가는 게 가능할 거 같나? 저 한기를 뚫고? 강대한 화기를 두르고도 철혈대의 선배님이 당하는 걸 봤을 텐데?"

"그보다 더 강한 화기를 두르면 됩니다."

가능하다.

저 한기도 빙후의 반지가 만들어 내는 것.

나에게는 염제의 반지가 있으니 아린이의 한기와 같은 수준의 화기를 내뿜을 수 있다.

"모두가 시선을 끌어 주고 할아버지가 저를 지켜 준다면 아린이가 아무리 공중에 있다고 한들 다가갈 수 있을 겁니다."

할아버지와 세 노고수가 고개를 끄덕였지만 백성엽은 고개를 저으며 여전히 받아들이지 못했다.

"그래, 백번 양보해서 그럴 수 있다고 치자. 양기를 불어넣기 위해서는 시간이 꽤 걸릴 텐데 그동안 버틸 수 있겠나?"

백성엽의 말대로 양기를 불어넣는 데는 시간이 걸린다.

그러나 나는 아린이의 기혈을 모두 알고 있었으며 빠르게 양기를 불어넣는 방법을 알고 있었다.

"그것도 생각해 놓은 방법이 있습니다."

아주 확실한 방법 말이다.

◆ ◈ ◆

눈 덮인 동토(凍土).

유아린은 그 위에 서서 가만히 땅을 내려다볼 뿐이었다.

주변에는 시체로 가득하다.

목이 잘리고, 사지가 잘리고, 불에 타고.

상상할 수 있는 모든 방법으로 죽은 서하가 쓰러져 있다.

"안 돼……."

유아린은 다시 시선을 돌렸다.

그곳에는 이서하가 정체를 알 수 없는 괴한과 싸우고 있었다.

"서하야. 제발!"

유아린은 온 힘을 다해 서하를 향해 달렸다.

그러나 아무리 달려도 거리는 가까워지지 않고 점점 더 멀어질 뿐이었고.

가까스로 도착했을 땐 이서하의 머리만이 남아 있었다.

유아린은 서하의 머리를 껴안고 괴성을 내질렀다.

"꺄아아아아아!"

또다시 지켜 내지 못했다.

가장 소중한 존재가 눈앞에서 수백 번 넘게 죽었음에도 아린은 아무것도 할 수 없었다.

극한의 무기력함 뒤에 찾아온 것은 모든 것을 포기할 수밖에 없는 체념뿐.

그저 앉아서 눈물을 흘리는 것 말고는 할 수 있는 일이 없었다.

그러는 와중에도 서하의 죽음은 계속해서 반복되었다.

"제발 그만……."

아린은 그렇게 중얼거리며 엄지손가락으로 관자놀이를 찍었다.

더는 서하의 죽음을 마주할 자신이 없다.

그러나 피가 흘러나오기도 전에 상처는 회복되었고 원치 않는 서하의 죽음이 또다시 시야를 가득 채웠다.

괴로움에 몸부림치는 서하를 바라보며 아린은 하염없이

눈물을 흘렸다.

"누가 좀……."

이 비극을 끝내 주기를.

◆ ◈ ◆

시간이 없으니 설명은 빠르게 한다.

"일단 철혈대 대장님들이 길을 열어 주세요. 그렇게 접근
한 뒤 백성엽 장군님이 아까 그 기술을 사용해 주는 겁니다."

"극열 말이냐?"

"네, 그 기술요. 아린이를 지키고 있는 얼음 칼날을 먼저 없
애야 하니까요."

저온 상태에서 유지되던 얼음 칼날과 백성엽의 기술이 만
난다면 수증기로 시야가 가려질 것이었다.

이를 이용해 아린이의 시야를 가린 뒤 접근할 계획이었다.

"그리고 할아버지가 저를 던져 주시면 됩니다."

난 하늘을 자유자재로 날아다닐 정도의 허공답보를 사용
할 수 없다.

끽해 봤자 제자리에 떠 있는 정도가 한계.

그런 내가 하늘 위에 있는 아린이에게 다가가기 위해서는
할아버지의 도움이 필수적이었다.

"그 이후로는 제가 알아서 하겠습니다."

붙기만 한다면 승산이 있다.

간단히 작전 설명을 끝냈지만 백성엽의 표정은 밝지 못했다.

"실패했을 때의 계획은? 그때는 어떻게 할지도 미리 정해야 한다."

"실패하면……."

나는 할아버지를 돌아봤다.

"그때는 이 비극을 끝내 주세요. 할아버지."

"……어려운 부탁을 하는구나."

할아버지에게 너무 큰 책임을 전가하는 것인지도 모르겠다.

하지만 믿을 수 있는 것은 그뿐이었다.

"걱정하지 마세요. 절대 실패 안 할 테니까."

"시간이 없다. 바로 시작하지."

별다른 명령이 없었음에도 모두가 각자의 자리로 이동했다.

역시 백전노장들이다.

간단한 작전 설명만으로도 자신의 역할을 정확하게 이해하고 수행해 줄 것이다.

'나만 잘하면 돼.'

한 시대의 영웅들 사이에 한 시대의 찐따가 하나 껴 있는 상황이다.

그러니 나만 제정신 차리고 똑바로 하면 아무 문제도 없을 것이다.

"시작합니다!"

철혈대의 세 노고수가 앞으로 달려 나가기 시작하자 아린이가 시선을 돌렸다.

이윽고 얼음 폭풍이 휘몰아친다.

"내가 먼저 간다!"

도공 최씨가 양 주먹과 발에 기를 불어넣은 뒤 앞쪽으로 방출했다.

거대한 기운에 얼음 폭풍이 날아가고 최씨 할아버지의 몸 또한 뒤로 넘어간다.

남아 있는 내공을 전부 끌어 쓴 것이었다.

"아이고, 죽겠다."

얼음 폭풍이 밀려나자 이번에는 얼음벽이 앞을 가로막았다.

"쯧쯧쯧, 한 방에 뻗어서는. 그러니까 단련을……."

대장장이 김씨의 도끼에서 불꽃을 일렁이더니 이내 한기를 베었다.

"열심히 했어야지!"

화끈한 열기와 함께 얼음벽이 반 토막이 되고 화백 박씨가 우리 쪽으로 쓰러지는 벽을 향해 주먹을 내질렀다.

펑! 하는 소리와 함께 벽이 산산조각이 나며 아린이를 향해 시야가 열렸다.

"장군님!"

"안다."

내 외침에 백성엽이 자세를 잡았다.

초열검법(焦熱劍法), 극열(極熱).

거대한 화염의 칼날이 아린이를 향해 날아갔다.

수증기가 폭발하며 아린이의 시야를 가리고 할아버지와 내가 그 사이로 들어갔다.

"다녀와라. 서하야."

할아버지가 있는 힘껏 나를 던져 주었다.

이윽고 수증기를 빠져나온 내 시야에 아린이가 보였다.

언제나처럼 아름답다.

하지만 눈부시게 빛났던 저 얼굴이, 지금 이 순간만큼은 시리도록 슬프게 느껴진다.

'그 모든 게 그녀의 인생을 바꾼 내 책임이다.'

회귀 전, 홀로 화강을 파괴하고 혈겁을 일으키며 역사상 최악의 마녀로 기록된 그녀의 인생을 행복하게 바꾸겠다고 다짐했었다.

그러나 나는 실패했다.

다시 정상으로 돌린다고 하더라도 세상은 그녀를 학살자라 부를 것이다.

우리의 아들들을, 남편을, 아버지를 죽인 여자라며.

나쁜 것은 신태민이라고, 이건하라고 아무리 말해 봤자 비난은 오로지 아린이에게로 향하겠지.

죽은 자들에게는 책임을 물을 수 없을 테니까.

많이 힘들 것이다.

하루하루 원망을 들으며 사는 것이 절대로 쉽지는 않을 것이다.

하지만 그런데도 나는…….

'네가 살았으면 좋겠다.'

모든 것을 버티고 계속해서 나와 함께 살아갔으면 좋겠다.

그렇게 아린이를 향해 날아가는 순간 극한의 한기가 호흡기를 통해 들어오기 시작했다.

아린이에게 다가갈수록 한기의 정도가 심해진다는 것쯤은 예상한 바다.

나는 준비해 둔 반지의 기운을 터트렸다.

열기(熱氣)가 한기를 밀어냄과 동시에 아린이의 바로 앞까지 도착할 수 있었다.

공허한 눈.

코앞까지 왔음에도 그녀는 나를 알아보지 못했다.

이렇게 되니 부담스럽기만 했던 아린이의 관심이 얼마나 복에 겨운 것이었는지 새삼 느낀다.

"……비켜. 서하의 복수를 해야 해."

그 말과 동시에 아린이의 손이 내 목을 향해 파고들었다.

나는 기다렸다는 듯이 손목을 잡고 양기를 불어넣었다.

하지만 이미 아린이의 균형은 완전히 무너진 상태.

손목으로 불어넣는 양기만으로 그녀를 진정시키기 위해서는 한 시진은 족히 걸릴 것이다.

이대로는 안 된다.

나는 마치 갓 태어난 아기를 다루듯 그녀의 볼을 어루만지고는 머리를 감쌌다.

손목도, 볼도 너무나도 차갑다.

이 차디찬 음기에 묻혀 얼마나 눈물 흘렸을까?

그러니 내가 책임을 져야 한다.

원하든 원하지 않든 누군가의 인생을 지탱하는 기둥이 되었으니까.

"비켜어어어어!"

아린이가 그렇게 외치는 순간.

"돌아가자. 아린아."

나의 입술과 아린이의 입술이 포개졌다.

너무 강하게 부딪쳤는지 씁쓸한 피 맛이 강하게 났다.

이윽고 차갑게 메말라 있던 아린이의 입술이 따뜻해졌고 나는 음기를 흡수함과 동시에 양기를 불어넣었다.

심장이 미친 듯이 뛰는 건 양기 폭주 때문일까? 아니면 입맞춤 때문일까?

'제발 돌아와.'

내 몸으로 음기가 흘러들어 오며 정신이 날아갈 것만 같았다.

나로 인해 죽었던, 내가 구하지 못했던 사람들이 눈앞에 나타나기 시작했다.

아린이의 뒤에 서서 원망 섞인 눈으로 나를 바라보는 영혼들.

'병신 같은 새끼.'

'너 때문이야. 너 때문에 죽은 거라고!'

환청이다.

아니, 사실이어도 상관없다.

저들이 진심으로 그렇게 생각하며 죽었다고 하더라도 이 또한 내가 감당해야 할 부분이다.

그렇기에 이번에는 무슨 일이 있어도 성공해야 한다.

내 모든 것을 주어서라도 아린이를 살리리라.

그리고 그 순간.

푹! 하는 소리와 함께 아린이의 손날이 내 복부에 파고들었다.

고통이 몰려왔지만 나는 멈추지 않았다.

하루라도 더 같이 지내고 싶다.

하루라도 더 너의 웃는 모습을 보고 싶다.

그것이 현재 나의 유일한 소망이었다.

'돌아와라!'

내가 마지막 남은 양기까지 전부 쥐어짜 내는 그 순간이었다.

펄럭! 하는 소리와 함께 등 뒤로 붉은 날개가 생겨났다.

적오의 날개.

그 순간 한기가 밀려나며 내공이 회복되기 시작했다.

'이것은…….'

김희준과의 대결에서도 나왔던 바로 그것이었다.

이윽고 엄청난 양기가 방출됨과 동시에 아린의 눈에서 광기가 사라졌다.

뒤이어 정신을 차린 아린이가 놀란 눈으로 날 올려다보았다.

나는 천천히 입술을 뗀 뒤 아무 일도 없었던 것처럼 말했다.

"일어났니?"

아린이는 혼란스러워하며 나를 올려 보았다.

"서하야. 너는……."

"안 죽었어. 걱정하지 마."

"……."

그 순간 아린이가 미간을 찌푸린 뒤 내 복부에 꽂혀 있는 왼손을 보고는 충격에 몸을 떨었다.

"내가……."

아린이는 천천히 왼팔을 빼냈고 나는 바로 혈을 찍어 출혈을 막았다.

"내가, 내가 무슨 짓을……."

기억이 돌아온 것이었다.

학살의 충격.

음기 폭주의 악랄한 점은 이성을 되찾을 때 기억도 모두 함께 돌아온다는 것이다.

즉, 자신의 손으로 저지른 학살이 모두 생생하게 기억난다는 것이다.

나는 아린이가 다시금 폭주하기 전에 머리를 잡아 나에게로 시선을 고정했다.

"보지 않아도 돼. 아린아."

적어도 지금은 저 참상을 마주할 필요가 없다.

"하지만 내가, 내가 친구들까지 전부……."

"상관없어."

전부 상관없다.

이 모든 것은 아린이만의 책임이 아니다.

그녀를 되살리고 힘이 되어 달라고 부탁한 나 또한 같이 짊어져야 할 책임이다.

"네가 무슨 짓을 했든, 어떤 존재가 되든……."

나는 아린이와 이마를 맞추며 말했다.

"내가 네 편이 되어 줄게."

그것이 내가 해 줄 수 있는 최선이었다.

내 말에 조금은 진정한 아린이는 우는지, 웃는지 모를 얼굴로 나를 올려 보며 고개를 끄덕였다.

"……응."

그렇게 나의 길고 길었던 하루가 끝이 났다.

◆ ◈ ◆

아린이의 폭주가 진정된 후. 백성엽은 바로 부대를 이끌고 상황 정리에 나섰다.

이건하의 부대는 대부분 아린이에게 전멸했다.

거기에 성도군은 김희준이 죽은 뒤 뿔뿔이 흩어져 사라졌고 마수들은 아린이의 지휘에 따라 다시 북대우림으로 돌아갔다.

가장 중요한 신태민의 재판은 피해를 전부 수습한 이후에 진행될 예정이었다.

지금 당장 재판을 열기에는 치러야 할 장례식이 너무나도 많았으니 말이다.

그리고 나와 광명대는…….

"아, 죽겠다. 죽겠어."

다 같이 사이좋게 약선님의 의원에 누워 있다.

"통증 억제하는 약 같은 건 없어?"

온몸에 붕대를 감은 상혁이가 신음을 내며 말하고 있었다.

그러자 옆에 있던 지율이가 한숨을 내쉬었다.

"조용히 좀 하자. 혼자 아프냐?"

"야, 그럼 아픈 걸 어떡해?"

"속으로 생각해. 잠을 못 자겠다. 안 그래도 아파서 못 자겠는데."

"아이고, 아픈데 혼나네. 이준이는 좋겠다. 막내라고 도망쳐도 봐주고."

"……반성 중입니다."

비교적 다치지 않은 민주와 이준이는 간호를 맡아 약재를 달이고 있었다.

"다 조용히 좀 해라! 약선님이 너희 말하지 말라고 했잖아."

"그러니까."

"너도 조용히 해, 주지율. 서하를 봐라. 얼마나 조용히 잘 있어?"

아파서 말도 안 나오는 거다.

민주의 말을 들어 보면 난 아린이를 데리고 땅에 내려오자마자 실 끊어진 인형처럼 그대로 쓰러졌다고 한다.

하긴, 전날부터 진명과 싸우고 바로 남악으로 이동해서 다시 한번 전투를 벌인 뒤 아린이까지 진정시켰으니 몸이 버틸 리가 없지.

그때 상혁이가 뜬금없이 입을 열었다.

"그나저나 나 봤다."

또 뭔 소리를 하려고 저렇게 비장하게 말할까?

"너희 둘의 뜨거운 입맞춤."

"......"

순간 약재를 달이던 민주가 입을 가리며 나에게 다가와 물었다.

"나도 봤어. 어땠어? 진짜로 머리에서 종이 치든?"

종이 치기는 무슨.

배에 구멍이 뚫렸지.

게다가 나는 첫 입맞춤도 아니다.

회귀 전에도 몇 번은 했었다고.

"너희들 그러다가······."

내가 경고를 하려 할 때 문이 열리며 아린이가 들어왔다.

그러자 모두가 꿀 먹은 벙어리처럼 입을 다물었다.

아린이는 그런 친구들을 보며 말했다.

"왜 그래? 입맞춤 얘기하고 있었잖아."

"······그게 아린아."

"아니야! 우린 절대로 궁금하지 않아!"

상혁이와 민주가 서둘러 상황을 수습할 때였다.

"그 얘기를 듣고 좋은 생각이 나서."

좋은 생각?

그리고 누군가 물을 새도 없이 나에게 다가와 고개를 숙였다.

쪽! 개미 한 마리 지나가는 소리조차 나지 않는다.

나조차 이게 무슨 일인지 반응하지 못할 때 아린이가 고개를 들어 올리며 미소를 지었다.

"내공이 많이 상한 거 같아서. 기를 나눠 주는 데 이게 좋은 방법이더라고."

그리고는 밖으로 나가는 아린이.

상혁이는 그 광경을 가만히 보다 말했다.

"부럽다. 너무 부럽다. 나는 저런 여자 없나?"

그러자 왜인지 모르게 민주가 얼굴을 붉혔다.

"부, 부러워? 그럼······."

그럼 뭐?

민주는 고개를 돌리며 손에 들고 있던 작은 부채로 얼굴을 부쳤다.

아직도 갈 길이 멀구나. 민주야.

얼마 지나지 않아 열심히 떠들던 상혁이가 잠에 들고 나는 가만히 천장을 바라봤다.

'이제야 하나가 끝났구나.'

드디어 지금까지 준비한 모든 것들이 그 결과를 보았다.

하지만 앞으로도 너무 많은 문제가 남아 있었다.

신태민의 처우는 물론 아린이에 대한 처분, 그리고 나찰과의 전쟁까지.

왕자의 난은 그렇게 나에게 많은 숙제를 남긴 채 마무리되었다.

내가 누워 있는 사이 신유민 저하는 백성엽과 대신들의 도움을 받아 난의 여파를 수습했다고 한다.

희생된 무사들과 민간인을 위한 합동 장례식이 열렸고 집을 잃은 자들을 위한 피난촌이 형성되었다.

그 이후에 서진후의 장례식이 왕궁 안에서 진행되었다.

덕분에 나 또한 병상에서 일어나 장례식에 참석할 수 있었다.

나는 내가 지키지 못한, 아니 내가 죽인 것이나 다름없는 서진후의 이름 석 자를 바라보며 고개를 숙였다.

"……조금 더 잘했어야 했는데."

이렇게도 갑자기 일이 벌어질지 몰랐다?

그걸 변명이라고 할 수는 없었다.

알고 있지 않았는가.

올해 무슨 일이 벌어져도 벌어질 것이라는 걸.

그렇게 자책하고 있을 때 옆에 선 아린이가 말없이 손을 잡아 주었다.

나는 물끄러미 아린이를 내려다보았다.

아린이는 삿갓을 살짝 올려 나를 바라봐 주었다.

어떠한 말도 없었지만, 그것이 위로가 되었다.

'그래.'

산 사람은 앞으로 나아가야지.

그렇게 생각할 때 옆으로 한 남자가 다가왔다.

"몸은 좀 어떠냐? 서하야."

유현성.

아린이의 아버지였다.

그는 씁쓸한 얼굴로 말했다.

"이번에도 아린이를 구해 줬다고 들었다. 미안하구나. 내가 해야 할 일을 항상 너에게만 맡기는구나."

"아닙니다. 제가 해야 할 일인걸요."

"하긴, 남편이 부인을 지키는 건 당연한 일이지."

"……."

너무나도 갑작스럽게 들어온 말에 뭐라고 해야 할지 모르겠다.

"신태민 측에 붙었던 대신들은 전부 작성해서 신유민 저하에게 건네 드렸다."

"감사합니다."

난이 벌어진 그 순간.

신태민을 지지하던 대신들은 각자 안전한 곳으로 피난을 떠났다.

후암은 이들의 뒤를 쫓아 손쉽게 명부를 작성할 수 있었다.

"수는 얼마나 됩니까?"

"대신들 중 3할은 신태민 측에 가담했더구나."

"많네요."

"그래, 전부 죽일 수는 없지."

한 번에 3할을 물갈이해 버리면 이 나라의 행정 또한 멈출 것이다.

"천천히 바꿔야겠네요."

약점을 잡았으니 이들을 내쫓는 것은 어렵지 않을 것이다.

'새로운 왕권에는 새로운 피가 필요한 법이지.'

재야에 묻힌 고수들과 뛰어난 인재들로 각료들을 구성할 생각이었다.

일선에서 싸워 줘야 할 사람들도 더 필요하니 말이다.

이윽고 서진후의 두 아들이 앞으로 걸어 나와 절을 올렸다.

옆에서 눈물을 훔치는 서진후의 부인.

둘째 민수는 엉엉 울며 제대로 절도 하지 못했으나 첫째는 꼿꼿한 자세로 재배를 올린 뒤 옆에 선 신유민 저하에게 인사했다.

"저하, 한 가지 여쭙고 싶은 게 있습니다."

"그래, 말해 보아라."

"저희 아버지는 어떤 사람이었습니까?"

서민기, 서민수.

두 형제는 자신의 아버지를 제대로 마주한 적이 없었다.

반역죄를 뒤집어쓰고 보잘것없는 웅덩이에서 도박 결투나 할 때도, 갑자기 출세해 태자 저하의 호위 무사라는 큰 직책을 짊어졌을 때도.

두 아이는 자신의 아버지와 시간을 보낼 수 없었다.

간혹 지나가다 얼굴을 보는 것이 전부.

그렇기에 태자 저하에게 물을 수밖에 없다.

아버지의 모습을 매일같이 봐 왔던 유일한 사람이기에.

"저는 아버지에 대해 모릅니다. 부디 알려 주시면 감사하겠습니다."

"그래, 서진후 무사님은……."

신유민 저하는 잠시 생각하다 입을 열었다.

"항상 너희들 이야기를 하더구나. 네가 동명학관에서 수석이 되었다는 것을 어찌나 자랑하던지. 비록 너희와 함께하지 못했으나 언제나 너희들을 가슴에 품은 채 살아갔지."

그리고는 눈물을 참는 아이의 머리에 손을 올렸다.

"또한 서진후 무사님은 나의 은인이자 이 나라의 국왕 전하와 태자를 지킨 영웅이란다. 부디 너도 너희 아버지처럼 훌륭한 무사가 되어 주길 바란다."

"……그럴 것입니다."

민기는 끝까지 눈물을 흘리지 않고 고개를 들었다.

"언젠가 저도 저하의 호위 무사가 될 것입니다."

"그 날을 기대하고 있으마."

신유민 저하는 자리에서 일어나 자신을 위해 죽은 호위 무사에게 절을 했다.

아무리 호위 무사의 장례식이어도 곧 왕이 될 사람이 무릎을 꿇고 절을 한 것이다.

모든 이들이 놀라 동시에 절을 올리자 신유민이 굳은 얼굴로 당부했다.

"내 생명의 은인이니 그의 가족들이 불편함 없도록 신경 쓰거라."

"네, 저하."

서진후의 아들들은 아버지의 이름을 올려 보며 생각에 잠겨 있었다.

'자랑스러운 아버지가 되셨네요.'

영웅은 죽음으로 만들어진다.

서진후는 그렇게 새 시대를 연 영웅이 되었다.

허나 나의 죄책감은 그대로였다.

'그래도 살아 있는 것만큼 더 큰 선물은 없지.'

그렇게 내 어깨에 또 다른 짐이 더해졌다.

◆ ◈ ◆

신태민의 재판은 서진후의 장례식으로부터 3일 뒤에 열렸다.

감옥에서 나온 신태민은 벽을 빙 돌아 왕궁 안으로 들어왔다.

함박눈이 퍼붓는 날.

눈앞도 잘 보이지 않는 추운 겨울이었음에도 그곳에는 수많은 무사와 대신들, 그리고 그에게 죽을 뻔한 모든 가주들이 앉아 있었다.

어리석은 왕자의 최후를 보기 위해.

또는 새로운 왕의 탄생을 축하하기 위해.

이윽고 신태민이 끌려 들어오기 시작했으나 그 누구도 함부로 입을 열지 않았다.

옥좌에 앉은 신유철의 기운이 모든 것을 압도하고 있었기 때문이다.

그렇게 신태민이 무릎을 꿇는 순간이었다.

"많이들 모였네."

산발이 된 신태민은 주변을 둘러보았다.

그의 목소리에선 한 점의 두려움도 찾아볼 수 없었다.

아무런 대답이 들려오지 않자 신태민은 강한 목소리로 외쳤다.

"나는 아직 쓸모가 있습니다!"

신태민은 살려 달라는 말 대신 쓸모가 있다는 것으로 자신의 가치를 증명하려 했다.

침묵하던 가주들조차 뻔뻔한 신태민의 태도에 결국 입을 열었다.

"······개새끼."

"반성할 줄도 모르는가?"

그렇게 모두가 분노에 차 한마디씩 뱉었으나 신태민은 굴하지 않고 당당하게 말했다.

"제국으로 가겠습니다. 어떤 영주든 상관없습니다. 왕국의 힘이 강해질 수만 있다면, 어떤 정략결혼도 마다하지 않겠습니다. 그것도 안 된다면 동부 연합으로 가겠습니다. 우리 왕국과 관계를 맺고 화친을 하고 싶어 하는 곳이 많으니 분명쓸모가 있을 겁니다."

신태민의 말대로 동부 연합 중에는 왕국과 친하게 지내고싶어 하는 세력이 존재했다.

아무리 난을 일으켰다고 한들 신태민은 왕자.

정치적으로는 아직 쓸모가 있었다.

그러나 그걸 자기 입으로 말하는가?

죽음을 마주한 순간 인간은 자신의 본성을 내보이기 마련이었다.

저것이 신태민의 본성이었다.

미련, 욕심, 그리고 절대 포기하지 않는 아집.

그것이 이 나라를 망하게 했다.

"난 살고 싶습니다."

신태민은 신유철을 바라보며 말했다.

"죽고 싶지 않습니다, 할아버님. 평범한 인생을 살겠습니다. 다시는 왕국으로 돌아오지 않겠습니다. 실리를 택하소서."

그 순간 누군가 소리쳤다.

"닥쳐라! 내 아들이 죽었어!"

"전하! 아무리 이 나라의 왕자라 한들 반역의 죄를 지은 자입니다! 살려 둬서는 안 됩니다!"

대신들의 외침에 신태민은 목소리를 낮추지 않았다.

"아니면 저도 제 아비처럼 죽이실 겁니까?"

그 말에 신유철 전하가 신음과 함께 눈을 감았다.

나는 신유민 저하의 옆에 서서 신태민을 내려다보았다.

'허남재가 알려 준 것인가?'

신유철의 감정에 호소하라고.

신유민과 신태민의 아버지, 신유철의 유일한 아들은 전쟁터에서 죽었다.

총사령관이었던 신유철은 그것이 자신의 실수라고 생각했다.

모두에게 충격을 안긴 그 사건.

그것은 신유철 전하의 유일한 약점이었으며 지금까지 신태민을 내치지 못한 결정적 이유가 되었다.

'또 흔들리시는가?'

신유철 전하는 한동안 손자를 바라보다 계단을 내려가며 입을 열었다.

"그래, 네 말이 맞다. 저 높은 용상에 앉은 자는 언제나 실리를 택해야만 하지."

전하의 목소리가 흩날리는 눈발마저 진동시켰다.

내공을 담아 말하는 것이었다.

전성기 때라면 몰라도 지금은 한마디, 한마디를 내뱉을 때마다 목숨을 걸어야 하는 위험천만한 행동이었다.

그러나 전하는 망설이지 않았다.

"하지만 난 그러지 못했다. 내 꿈을 위해 무사들을 허비했고 마주해야 할 진실을 똑바로 보지 못했으며 내 손자 하나 똑바로 키우지 못했지."

신태민의 바로 앞까지 당도한 신유철 전하는 고개를 돌리며 피를 내뱉었다.

"……!"

다시금 고요해진 회장에는 오직 눈 쌓이는 소리만 들려왔다.

13

이윽고 뽀드득하는 소리와 함께 신유철 전하가 한 걸음 앞으로 내디뎠다.

"강진이가 건하를 죽였다더구나."

이건하를 죽인 것이 할아버지였구나.

그럴 것이라는 예상은 하고 있었으나 직접 들으니 확실히 충격적이었다.

"나만 비겁해질 수는 없구나."

신유철은 검을 뽑아 들었다.

이윽고 죽음을 감지한 신태민이 다급하게 외쳤다.

"할아버님! 살고 싶습니다!"

살고 싶을 것이다.

그래야 복수할 수 있으니까.

자존심이고 명예고 다 버리고 어떻게든 살아남고 싶겠지.

밑바닥에서라도 다시 올라오고 싶을 것이다.

그러나 그럴 수 없다.

국왕 전하는 슬픈 얼굴로 손자를 내려다보며 말했다.

"왜 나에게 이런 선택지를 주느냐? 태민아."

"할아버님!"

이윽고 전하의 검이 떨어지고 신태민의 목이 바닥을 뒹굴었다.

직접 처형.

그토록 사랑하던 손자를 직접 죽이는 것을 목격한 모든 대신과 가주들이 입을 다물었다.

잠시 검을 잡고 부르르 떨던 신유철 전하는 자세를 바로잡고는 큰 목소리로 말했다.

"그대들에게는 너무나도 큰 죄를 지질렀소."

가주들, 그리고 대신들 모두 분노가 있었을 것이다.

가족을 잃은 자들은 물론이오, 기적적으로 목숨을 부지한 이들에게도 전란의 공포가 각인되었을 것이다.

그러나 늙은 국왕의 사죄에 그 누구도 불만을 표할 수 없었다.

죄인이라고는 하나 손자의 시체 수습조차 못 하고 있지 않은가.

신유철 전하는 그렇게 말한 뒤 옥좌의 앞에 서서 말했다.

"이 모든 것이 손자를 잘못 가르친 내 잘못이오. 이에 나는 모든 책임을 지고 이만 물러나려 하오."

회장에 모인 모든 이들이 놀란 얼굴로 신유철 전하를 올려보았다.

예상은 하고 있었으나 너무나도 갑작스러웠다.

그러나 신유철 전하는 아랑곳하지 않고 신유민 저하에게 말했다.

"유민아, 너는 나처럼 못난 왕이 되지 말거라."

신태민의 목을 직접 친 이유.

그것은 모든 죄를 자신이 안고 가겠다는 국왕 전하의 배려였다.

"모두들 과거는 잊고 내 손자를 잘 도와주길 바라오."

그렇게 모든 대신이 침묵할 때 박진범이 소리쳤다.

"신유민 전하 만세!"

신평의 외침에 대신들이 하나둘 만세를 합창하기 시작했다.

모두의 외침이 하나 되어 새 왕조의 탄생을 축하한다.

하나가 된 모습.

신평도, 계명도, 그리고 수많은 대신들도 참가하지 않았던 그때와는 완전히 다른 광경이었다.

'드디어⋯⋯.'

내가 바라던 왕국이 완성되었다.

Chapter 92.

신유민의 즉위식은 간소하게 열렸다.

수도의 백성들이 모두 힘들어하는 지금 화려한 즉위식을 할 수 없다는 그의 뜻이 반영된 것이었다.

북대우림 앞에 선 이주원은 입김으로 손을 녹이며 말했다.

"이서하가 그렇게까지 해낼 줄은 몰랐네."

"죄송합니다."

"에이, 아니야. 너도 죽은 줄 알았다며?"

전가은은 말없이 고개를 숙였다.

반은 맞고 반은 틀린 말이었다.

절멸도에 그렇게까지 찔렸으니 죽을 것이라고 확신은 했

으나 속으로는 어떻게든 살아남기를 바랐으니 말이다.

이주원은 도끼눈을 뜨며 전가은을 바라보다 미소 지었다.

"괜찮아. 괜찮아. 그래도 뭐 신태민이 죽든 신유민 죽든 우리야 피해만 좋았으면 됐지. 4대 가문도 많이 망가졌잖아."

성도는 이름도 들어 보지 못한 누군가가 새로운 가주로 취임했다고 한다.

종가 사람이라나 뭐라나.

하지만 후암의 정보에 의하면 그 옆에 지영학이 붙어 있다고 한다.

"다들 이 비극을 열심히 이용한 셈이지."

왕자의 난은 모두에게 기회였던 것이다.

"운성은 지들끼리 치고받고 싸우면서 망가질 거고 계명이야 아직 요령성 전투의 상처를 치유하지 못했고, 신평은 이번에도 많은 무사를 잃었으니 나쁘지 않고."

제1의 목적.

왕국군의 전력을 최대한 줄인다.

반은 성공한 셈이다.

"그리고 우리도……."

이주원이 고개를 돌리는 그 순간.

음산한 기운이 북대우림의 나무를 흔들었다.

쌓였던 눈이 쏟아지고 그 안에서 한 여자가 모습을 드러냈다.

검은 머리와 창백한 얼굴.

산양의 것과 같은 뿔을 가진 여자는 이주원을 향해 미소를 지었다.

"네가 은월단의 이주원이냐?"

이주원은 방긋 미소를 지으며 허리를 굽혔다.

"네, 위대한 일곱 혈족의 한 사람. 람다시여."

요령성 전쟁의 흑막.

그리고 가장 위대한 일곱 혈족의 나찰.

"왕국에 오신 걸 환영합니다."

제국을 피로 물들였던 람다가 북대우림을 넘어왔다.

람다는 왕국의 수도로 시선을 돌리며 미소 지었다.

"그럼 그 선생이라는 인간의 계획부터 들어 볼까?"

그렇게 나찰 전쟁이 시작되고 있었다.

◆ ◈ ◆

청신의 선산.

끊임없이 내리던 눈이 멈추고 할아버지는 지게에 관을 짊어지고 산을 올랐다.

이장원과 이건하.

나의 큰아버지와 사촌 형이 저 관 안에 있다.

단 한마디의 말도 없이 묵묵히 걸어가는 할아버지의 등을 바라보기를 한참.

장지에 도착한 할아버지는 직접 관을 넣은 뒤 묵묵히 흙을 채우기 시작했다.

청신가의 사람들이 모두 함께 올라왔으나 누구도 할아버지를 돕지 않았다.

아니, 도울 수 없었다.

아들과 손자를 직접 보내 주고 싶다는 것이 그의 바람이었으니 말이다.

그렇게 묘를 만든 할아버지는 뒤로 물러나며 말했다.

"그래도 둘이라 외롭지는 않겠구나."

큰아버지는 아들 이건하를 위해서라면 죽을 수도 있다고 호언장담하며 다녔었다.

그런 그였기에 왜 복수했냐며, 군이 이건하를 죽일 필요까진 없었지 않냐며 화를 내고 있을 수도 있다.

죽은 자에게 물어볼 수는 없는 일이었지만 말이다.

"둘이 저승에서 못다 한 이야기를 잘 풀어 봐라."

그렇게 중얼거리던 이강진은 가족들을 향해 몸을 돌리며 선언했다.

"다음 가주는 서하다. 이의는 있느냐?"

작은아버지만이 씁쓸한 얼굴로 고개를 끄덕일 뿐이었다.

하지만 작은아버지 또한 그 어떤 불만도 꺼내 들지 않았다.

괜한 권력 다툼이 어떤 결과를 가져왔는지를 보고도 반대할 만큼 멍청하지는 않을 테니까.

게다가 나 말고는 선인조차 없다.

좋든 싫든 가주에 적합한 이는 오직 나뿐이다.

"가주님의 말씀에 따르겠습니다."

일단은 가주가 되자.

훗날 이준하에게 가주 자리를 넘겨주는 것은 그의 성장을 확인하며 천천히 선택해도 늦지 않았다.

"그래, 하지만 서하는 수도에서 바쁘니 상원이, 그리고 경원이가 도시를 잘 보살펴야 할 것이다."

"물론입니다. 아버지."

"잘 해내겠습니다."

아버지와 작은아버지가 차례대로 대답하고 나는 할아버지에게 물었다.

"가주님은 어떻게 하실 생각이십니까?"

할아버지는 씁쓸한 얼굴로 묘를 바라봤다.

"……친구의 마지막을 같이 지켜야지. 난 국왕 전하, 아니, 상왕과 함께 유유자적 살 생각이다."

신유철에겐 시간이 많이 남지 않았다.

이번 왕자의 난으로 상태가 급속도로 나빠진 그는 당장 내일 승하해도 이상하지 않았다.

"속세를 좀 떠나 있고 싶구나."

그 말을 하는 할아버지에게서는 무신이라 불리던 시절의 모습이 전혀 남아 있지 않았다.

아들과 손자의 죽음.

그리고 곧 다가올 친우의 죽음까지.

제아무리 강한 무신(武神)이라고 하더라도 이 많은 비극에 아무렇지 않을 수는 없었다.

'떠나시는구나.'

모든 비극을 알기에, 청신가의 사람들은 전부 침묵으로 할아버지의 뜻에 동의했다.

그러나 나는 이렇게 할아버지를 보낼 수 없었다.

나는 앞장서서 산을 내려가는 할아버지의 뒤에 딱 붙어서 말했다.

"저에게만은 어디로 가시는지 알려 주실 수 있겠습니까?"

"이유라도 있느냐?"

"난세가 올 것입니다."

"신유민 전하의 왕권을 위협할 만한 사람이 없는데 무슨 난세가 온다는 말이냐?"

"나찰이 움직일 것입니다."

나찰이라는 말에 할아버지가 발걸음을 멈췄다.

"……그걸 네가 어떻게 아느냐?"

나는 대답할 수 없었다.

마땅한 근거가 없으니까.

하지만 지금까지 쌓아 온 신용이라는 게 있지 않은가?

침묵으로 일관했음에도 할아버지는 내 말에 심각한 얼굴

로 답해 주었다.

"기왕 예언할 거라면 좋은 예언이나 좀 해 주지 그러느냐?"

"죄송합니다."

"아니다. 만약 언제라도 내가 필요하다면 현이가 수도에 도착했을 때 말하거라. 내 수시로 보내마."

"네, 그러겠습니다."

"내 말년 운이 그리 좋지는 않은가 보구나."

할아버지는 씁쓸하게 웃었다.

"하긴 그렇게 많은 사람을 죽였으니 좋을 리가 있나."

할아버지는 그렇게 말하고는 힘없이 산 밑으로 내려갔다.

"운이 안 좋은 것이 할아버지뿐이겠습니까?"

우리 모두 최악의 시대에 태어난 것만은 확실하다.

즉위식 이후 이 나라에는 큰 변화가 몇 가지 생겼다.

그중 가장 큰 변화는 중앙 행정 인사의 교체라고 할 수 있었다.

신유철 전하 시절부터 자리를 지키고 있던 대신들이 은퇴하기도 했으며 몇몇은 신태민의 편에 섰다가 스스로 자리에서 물러났다.

자연히 중앙 행정이라고 할 수 있는 중서문하성(中書門下

省)의 다섯 자리가 전부 공석이 되었고 정해우는 그중 가장 높은 직급인 문하시중의 자리에 올랐다.

그렇게 내부 정리가 끝나자 신유민 전하는 가장 먼저 수도의 민생 회복에 힘썼다.

그리고 그 선두에는 새롭게 재상이 된 정해우가 있었다.

"정해우 그 사람 대단하던데요?"

"정해우 씨요?"

"네, 이번에 문하시중이 되신 분."

광명대의 모든 보급을 맡은 이정문 역시 정해우에게 힘을 보태 주고 있었다.

"단숨에 민심을 정리하더군요. 그리고 일 처리 속도가 아주 빨라요. 남들 10일 치 업무를 혼자 하루 만에 끝내 버리더라니까요. 그것도 실수 하나 없이."

그리고는 나를 힐끗 바라본다.

"나도 그런 사람 밑에서 일하면 여한이 없겠네요."

"지금 일하고 있지 않습니까?"

"임시잖아요."

"아뇨, 여기 광명대에서."

이 나라의 빛.

구국의 영웅.

바로 나 이서하 밑에서 말이다.

"하하하. 농담도 참."

나는 이정문의 허탈한 웃음소리를 들으며 밖으로 나왔다.

연무장에는 상혁이가 붕대를 칭칭 감은 상태로 이준이의 수련을 봐주고 있었다.

"한 번 더 할 수 있다! 아직 힘이 있어."

"흐ㅇㅇㅇㅇ읍!"

거대한 쇳덩이를 짊어진 채 앉았다 일어나기를 반복하는 이준이.

아직 추운 날씨임에도 땀이 비처럼 쏟아지고 있는 걸 보면 어지간히 힘든가 보다.

"저러다 쓰러지는 거 아니야?"

"지가 부탁한 거야. 아니면 내가 이 아픈 몸을 이끌고 여기 나와 있겠냐?"

"자기가 부탁했다고?"

"그래. 철들었나 보지."

하긴, 철이 들어야 할 때가 되었다.

이준이는 지금까지 잔머리를 굴려 가며 약하디약한 자신의 무력을 숨겨 왔다.

실제로 요령성에서도 활약했었고, 운성에서도 자기 역할은 했으니 무의 필요성을 느끼지 못했을 수도 있다.

하지만 이번 기회로 뼈저리게 깨달았을 것이다.

압도적인 무력 앞에서는 그 어떤 잔머리도 통하지 않는다는 것을 말이다.

"공황에 빠져서 혼자 뒷간 가서 벌벌 떨고 있었단다. 지 발이 똥통에 빠진 줄도 모르고."

"그래?"

"나 같아도 내가 한심해서 자살하고 싶을 거야."

"사실 아린이한테 맞서 싸운 사람들이 미친 사람들인데 말이야."

"그 미친 사람들만으로 이루어진 부대가 우리 광명대 아니냐?"

상혁이는 몸이 뻐근한지 기지개를 켜며 말했다.

"나도 빨리 수련하고 싶다. 그 나찰 이겨야 하는데."

"나찰 둘을 이긴 것만으로도 엄청난 성장 아니냐?"

"모자라."

상혁이는 하늘로 시선을 옮기더니 작게 중얼거렸다.

"난 아린이보다 강해질 거야."

이 녀석이 말하면 왠지 진짜 그럴 것도 같다.

"그래, 열심히 해라. 난 잠시 나갔다 온다."

"어디 가는데?"

"회의."

수도를 수습하고 첫 번째 정식 국정 회의를 시작하는 날이었다.

나는 병상에 있는 동안 찬성사(贊成事)라는 직책을 받았다.

문관직 중에서도 상당히 높은 급에 있는 직책으로 국사를 논하는 대신 중 하나였다.

한마디로 대감으로 불리는 자리였다.

내 능력에 대감은 좀 그런데 말이다.

지금까지 나의 엄청난 통찰력은 전부 미래를 엿보고 왔기에 가능했던 것일 뿐.

나에게 국정을 논하는 찬성사의 자리는 좀 과한 면이 있다.

하지만 나의 냉정한 자아 성찰과는 상관없이 모든 문신이 나를 존경의 눈빛으로 바라봤다.

"이서하 찬성사님. 안녕하십니까? 유생 대표 이임생이라고 합니다. 앞으로 많은 지도를 부탁드립니다."

나보다 10살은 더 많아 보이는, 하지만 그래 봤자 서른 언저리의 젊은 유생이 허리를 굽혀 가며 인사를 해 왔다.

아씨, 자신 없는데.

나는 작게 숨을 내쉰 후 말했다.

"우리의 결정이 이 나라의 백성들을 살리고, 또 죽이기도 합니다. 부디 태평성대를 위해 성심성의껏 일해 주기를 바라오."

기대를 받았다면 응해 주는 것이 인지상정.

나는 신유민 전하의 오른팔, 왕을 만드는 자, 청신의 별, 이 나라 최연소, 동시에 최강의 홍의선인 이서하다.

뭔가 내 이름이 점점 길어지는 것 같지만 그냥 넘어가도록 하자.

"오오! 찬성사님만 믿고 따르겠습니다."

나는 흐뭇하게 유생들을 바라봤다.

이윽고 무신(武臣)들이 들어오며 회의가 시작되었다.

문신(文臣)들은 신유민 전하 기준으로 오른쪽에, 무신(武臣)들은 왼쪽에 자리를 잡았다.

회의는 대부분 유생들이 이끌어 나갔다.

"무사님들이 잡아 온 마수로 고깃국을 끓인 덕분에 이재민들의 원성도 점점 잦아들고 있습니다. 전하."

이번 난으로 많은 것들이 불타고 사라졌다.

식량 창고도 예외는 아니었다.

이에 정해우, 현 재상은 마수들을 잡아 그 고깃국을 끓이는 것을 제안했다.

다행히도 북대우림에는 식용으로 사용할 수 있는 거흑랑이 많아 어느 정도 상황을 해결할 수 있었다.

"그래, 계속해서 힘써 주게나."

신유민 전하의 말에 유생들이 뒤로 물러나고 뒤를 이어 백성엽 대장군님이 걸어 나왔다.

"이번 난으로 수도군의 상태가 많이 약화되어 있습니다. 이에 각지의 뛰어난 무사들을 불러 모아 다시 수도군을 재건할 필요가 있습니다."

좋은 지적이다.

슬슬 대감 어른인 내가 나설 때가 된 것 같다.

"저도 같은 생각입니다."

이번 난으로 신태민의 정예, 이건하의 정예, 거기다 수비대까지 전부 갈려 나갔다.

아린이를 막기 위해 죽은 백성엽의 정예 수도 상당했다.

하나, 하나 실력도 실력이지만 그만한 조직력과 규율을 갖춘 군대를 만드는 건 쉬운 일이 아니라는 걸 생각하면 큰 손실이었다.

"이에 한 가지 제안이 있습니다."

"말해 보게. 이서하 찬성사."

"저는 군의 중앙 집권화를 제안합니다."

중앙 집권화(中央集權化).

현재 이 나라의 군대는 크게 세 가지로 나뉘었다.

국군(國軍), 영주군(領主軍), 그리고 선인들이 자유롭게 움직일 수 있는 선인군(仙人軍)이라고 볼 수 있었다.

이렇게 세 가지로 군이 구별된 이유는 모두 신유철 상왕 전하가 정복 전쟁을 시작하기 위해서였다.

그리고 당시에는 의도대로 상당히 잘 돌아갔다고 한다.

국군은 정복전을 치르고, 가주들은 경쟁하듯 힘을 불려 국군에 신병들을 보냈으며 선인군은 독자적으로 행동하며 마수 소탕, 그리고 치안 유지에 주력했다.

그러나 신유철 상왕 전하가 늙고 그 부작용이 나타나기 시작했다.

선인군은 시답잖은 원정을 부풀려 성과를 올리고 지원금

을 타 먹었으며 가주들은 각자의 영주군을 키우며 폭정을 휘둘렀다.

"상왕 전하께서 만든 제도는 현재 부작용을 낳고 있습니다. 중앙 집권화를 통해 군단을 만들고 이를 모두 병조에서 관리해야 한다고 생각합니다."

아무리 좋은 의도로 만들었다고 하더라도 시대가 바뀌고 사람이 썩기 시작하면 싹 갈아엎어야 한다.

"이에 가주들과 선인들의 권한을 축소하고 중앙 집권화를 통해 하나의 거대한 군대를 만들어 운용할 것을 제안합니다."

물론 말처럼 쉽지는 않을 것이다.

당장 특권을 가진 사람들이 난리를 칠 테니까.

"그것은 아니 되옵니다. 전하!"

역시나 반대 의견이 나왔다.

무신들의 대표로 입을 연 사람은 해남 서씨 가문의 가주인 서병주 선인이었다.

신태민 편에 붙어서 알랑방귀를 뀔 때는 언제고 인제 와서는 충신을 연기하고 있는 놈이었다.

"가주들의 반발이 심할 것이며……"

"이미 신평과 계명은 제 뜻에 동의를 했습니다."

내가 말을 끊자 서병주가 나를 노려보았다.

어쩌라고?

4대 가문 중 2개가 이미 지지를 하는데 다른 가주들이 난리를 친다?

그러면 눈치가 보일 수밖에 없지.

"그런 급격한 변화를 가져야 할 명분 또한 없습니다."

"있습니다."

군의 중앙 집권화.

솔직히 특권을 누리던 선인들을, 그리고 다른 가주들을 설득하는 게 쉽지는 않으리라 생각했다.

이에 내가 생각한 방법은 간단했다.

"곧 나찰들이 움직이기 시작할 것입니다."

사실대로 말하는 것이다.

"……!"

경악한 모두의 시선이 나에게 꽂혔다. 이윽고 놀란 서병주가 머뭇거리다 말했다.

"근거는 있습니까?"

"없습니다. 하지만 내란 당시 반란군 측에 나찰이 가담했었다는 건 백성엽 대장군님께서도 잘 아시지 않습니까? 그들이 아무 꿍꿍이도 없이 괜히 인간의 편에 서서 움직였겠습니까?"

"오오, 맞습니다."

"그렇군. 나찰들이 조직적으로 움직인다면 엄청난 위협이 되겠어."

문신들이 나의 말에 동의를 하기 시작했다.

나에게 근거 따위는 필요 없다.

예언자나 다름없는 통찰력을 보이며 여기까지 온 것이 바로 나 이서하니까.

나는 무신들을 향해 바라보며 말했다.

"그러니 모두들 협조해 주시기 바랍니다."

좋은 시절은 끝났다.

이 부패한 놈들아.

"이서하 찬성사의 제안은 내 심사숙고해 결정을 내리겠소."

"성은이 망극하옵니다. 전하."

내 말 이후로도 회의는 계속해서 진행되었다.

아직 내정적으로 해야 할 일이 많았기에 회의의 대부분은 문신들의 주도하에 이루어졌다.

그런 상황에서 무신들은 전부 똥 씹은 얼굴로 문신들이 떠드는 소리를 듣고 있을 뿐이었다.

지금은 아무것도 안 들리겠지.

자기들 마음대로 원정을 떠나 한 보름 놀다 와 승진하던 놈들이다.

앞으로 진짜 전쟁터에 끌려 다닐 생각을 하면 가슴이 답답해지지 않겠는가?

그런 의미로 신태민, 이건하를 비롯한 사무신들은 진짜 무사이기는 했다.

적어도 무사의 본분은 지켰으니 말이다.

"그럼 이만 편전 회의를 마치겠네."

회의가 끝나고 서병주와 그의 휘하 선인들은 마치 불만을 표출하듯 빠르게 밖으로 나갔다.

그사이 문신들이 나에게 달려와 주변을 둘러쌌다.

"찬성사님의 혜안에 감복했습니다! 어떻게 나찰이 뭔가 수를 꾸미고 있다는 걸 빠르게 눈치채셨습니까?"

한 번 살다 와서 알지.

하지만 여기서는 겸손해야 더 멋있어 보일 것이다.

"정보원이 있었던 덕분이죠. 그리고 전쟁터에 있었다면 다른 분들도 다 알아차렸을 겁니다."

"하하하, 겸손도 과하면 보기 좋지 않습니다. 찬성사님. 우리 찬성사님은 마치 미래를 보는 것만 같습니다."

"통찰력의 극치에 달한 것이 아닐까요?"

"아유, 쑥스럽게 그런 말을. 으하하하하."

역사책에 나오는 간신들이 어떻게 왕을 조종했는지 알 것만 같다.

아부인 걸 알면서도 기분이 좋네.

그때였다.

"이서하 선인. 잠시 시간 괜찮은가?"

백성엽 대장군이었다.

문신들은 모두 길을 비켜서며 허리를 숙였다.

아무리 문신들이 무신들을 한심하게 보아도 백성엽 대장

군은 예외였다.

"그럼 저희는 이만 물러가 보겠습니다."

한참 분위기 좋았는데 말이다.

그렇게 문신들마저 밖으로 나가고 백성엽 장군님이 입을
열었다.

"중앙 집권화. 좋은 생각이다. 하지만 실현 가능성 있겠는가?"

"천천히 해 봐야죠. 제가 한 말대로 신평과 계명은 이미 승
낙했습니다. 계명, 신평, 그리고 왕국군으로 군단을 편제하고
이를 전부 병조, 그러니까 왕가의 지휘 아래에 두면 다른 가
주들도 그렇게까지 반대하지 않을 겁니다."

수도군으로 들어오라는 게 아니라 4대 가문의 휘하로 들어
가는 모양새가 되니 말이다.

물론 그 지휘권은 전부 병조가 가져야겠지만.

"굳이 그렇게 해야 하는 이유는?"

"안 그러면 각개 격파당하니까요."

내가 군을 한 곳으로 모으려는 이유.

그것 역시 내가 미래를 알기 때문이었다.

나찰 전쟁 초기.

인간들은 나찰이 벌이는 기동전에 농락당한다.

임무를 나간 선인들은 유능하든 무능하든 모두 함정에 빠
져 각개 격파당했고, 왕국 곳곳에 퍼진 영주군(領主軍)은 모
이기도 전에 고립되었다.

적어도 큰 덩어리로 모여 있다면 그런 불상사는 피할 수 있을 것이다.

"나찰이 전쟁을 일으킨다……. 그런 숫자나 있는지 모르겠네."

"생각보다 많습니다."

"그래, 이서하 선인 말대로 나찰이 전쟁을 준비하고 있다고 치지. 그렇다면 그쪽 대원도 정리해야 하는 거 아닌가?"

올 것이 왔다.

아린이에 대한 말이었다.

"내부의 나찰부터 정리하는 게 순서 같은데."

"내부의 나찰이라뇨. 인간입니다."

일단 큰소리는 치지만 백성엽의 말도 일리가 있다.

아린이의 폭주를 코앞에서 본 그인 만큼 그녀가 또다시 폭주했을 때의 심각함도 잘 인지하고 있을 것이다.

솔직히 말해서 나 역시 다시 한번 아린이가 폭주한다면 막을 수 있다고 확신할 수 없다.

그러나 나에게는 아린이가 필요하다.

앞으로 등장할 나찰들은 지금까지 내가 싸워 온 신태민, 이건하, 진명 같은 인간들과는 차원이 다른 존재들이니 말이다.

"유아린 선인은 나찰 전쟁에서 필수불가결한 존재입니다."

"그렇다면 변방으로 보내지. 폭주해도 별 위협이 없는 곳으로 말이야."

"무슨 폭탄처럼 말씀하시네요?"

195

"맞네. 폭탄. 터지면 근처는 다 죽어 버리는 폭탄이지 않나?"

"말씀이 심하십니다."

"그녀가 몇 명을 죽였는지는 아는가?"

백성엽 대장군은 굳은 얼굴로 말했다.

"유아린의 손에 죽은 무사의 수만 백이 넘는다. 적인 신태민, 이건하 휘하를 제외하고 내 부하들만으로도 말이야. 거기다 백성들은 또 얼마나 죽었나? 식량 창고는 누가 부수었지? 이걸 인간으로 볼 수 있나?"

"……."

"그래, 대답할 수 없겠지. 죄를 물어 처형하지 않은 것만으로도 다행으로 여기도록 하게."

그때였다.

"그럴 생각 없습니다. 대장군."

나와 백성엽의 대화를 멀리서 듣고 있던 신유민 전하였다.

"이서하 찬성사의 중앙 집권화는 한마디로 군을 더욱 체계화시켜 강화한다는 소리입니다."

"전하. 그것은 신도 같은 생각이옵니다만……."

"그리고 유아린 선인은 그 계획의 핵심입니다. 어느 정도는 불안한 면이 있으나 적에게는 재앙과도 같은 존재 아닙니까? 그 강력한 무기를 우리가 무섭다고 버려서야 되겠습니까? 이미 내가 이서하 선인과 긴밀한 대화를 나누어 결정한 것이니 대장군은 따라 주시길 바랍니다."

대화한 적 없다.

애초에 지금까지는 왕자의 난을 뒷수습하는 데 바빴으니 말이다.

내가 슬쩍 바라보자 신유민 전하는 한쪽 눈을 깜빡이고는 미소를 지었다.

역시, 눈치 빠른 사람과 일하면 편하다.

"......."

백성엽은 잠시 신유민 전하를 바라보다 고개를 끄덕였다.

"전하가 그러시다면야 이후 천천히 이야기해 보죠. 하지만 그렇게 쉽게 결정할 문제는 아니라는 것만 알아 두시길 바랍니다."

"이해해 주셔서 감사합니다. 장군."

백성엽이 휙 몸을 돌려 나가자 신유민 전하가 장난스러운 미소를 지으며 내 어깨를 흔들었다.

"어때? 내가 힘이 좀 되었느냐?"

"아무렴요."

역시 뒷배 중 뒷배는 국왕 뒷배다.

◆ ◈ ◆

편전(便殿) 밖으로 나온 서병주는 적당한 곳에 자리를 잡고 발걸음을 멈추었다.

그의 뒤를 따르는 젊은 선인들은 씩씩거리며 불만을 표출했다.

"너무한 것 아닙니까? 작전권을 빼앗겠다니요. 그건 홍의선인의 존재 의의와 다름없는 것이 아닙니까?"

"그렇습니다. 고작 일각 차이로 마을이 궤멸하는 일도 허다하지 않습니까? 아무리 뛰어나다고 한들 이제 막 약관이 넘은 놈이 뭘 알겠습니까?"

"보복이겠지."

서병주는 혀를 찼다.

이렇게 될 줄 알았다.

난에 직접적으로 참여하지 않은 덕분에 목숨은 부지할 수 있었지만 영향력이 예전만 못할 것이라는 것쯤은 예상하였던 바였다.

게다가 현 국왕은 무(武)보다 문(文)을 중시하는 신유민이다.

그가 전쟁에 대해 뭘 알겠는가?

"이서하 그놈도 선인이면서 동료들의 등에 칼을 꽂을 줄이야."

물론 이서하가 서병주의 동료였던 적은 한 번도 없지만 말이다.

그때였다.

서병주의 옆으로 젊은 문신들이 시끄럽게 떠들며 지나갔다.

이에 한 선인이 불같이 화를 냈다.

"거기! 인사조차 안 하나?"

보통 문신들이 무신, 선인들을 보고 인사를 하는 것은 일반적인 관례였다.

그러나 그건 이제 존경받을 만한 선인에게만 국한된 이야기다.

젊은 문신들의 눈에 서병주 일당은 대역죄인인 신태민을 따르다가 비겁하게 목숨을 부지한 어중이떠중이들일 뿐이었다.

문신들이 발을 멈추고 빤히 쳐다보자 약이 오른 선인이 이를 악물었다.

"고작 저런 하급 문신 따위가 감히 해남 서씨 가문의 가주 앞에서 고개를 뻣뻣이 드는가?"

"아, 아. 인사는 해 드려야죠."

문신들은 고개를 까닥이며 말했다.

"수고하셨습니다."

"수고하셨습니다? 이런 씨……."

선인들의 반응에 문신들은 고개를 절레절레 흔들며 지나갔다.

한마디 말보다도 더욱 상대를 초라하게 만드는 행동이었다.

"이런 개 같은. 내 오늘 저놈들의 목을 치고……."

"그러면 안 될 듯싶습니다."

선인들은 화들짝 놀라며 고개를 돌렸다.

그곳에는 새롭게 재상 자리에 오른 정해우가 서 있었다.

정해우는 서병주의 앞으로 걸어와 말했다.

"젊은 선인들이 혈기가 넘치는 거 같습니다. 서병주 선인님."

서병주는 입을 꽉 다물었다.

정해우는 신유민이 가장 신뢰하는 인물.

신태민 측에 가담했던 서병주가 감히 함부로 대할 수 없는 사람이었다.

"잘 관리를 하셔야죠. 실수는 한 번으로 족하지 않겠습니까?"

"……새겨듣겠습니다. 재상."

정해우는 서병주가 입은 홍의의 옷깃을 고쳐 주고는 미소를 지었다.

"그래요. 오늘 문신들이 말한 건 너무 속상해하지 마시길 바랍니다. 다 나라를 위한 일이니."

"여부가 있겠습니까?"

"그럼 좋은 하루 보내시길 바랍니다."

서병주는 몸을 돌리는 정해우를 보며 주먹 쥔 손을 부르르 떨었다.

시골 촌뜨기 따위가 하루아침에 재상이 되었다고 대놓고 무시하는 셈이었다.

그것도 홍의선인, 거기에 남부의 유력 가문 중 하나인 해남의 가주를 말이다.

'참자. 지금은 참아야 한다.'

하지만 지금은 껍질 속에 목을 쑥 집어넣고 단단히 버텨야 할 때였다.

정해우의 말대로 한 번 더 실수했다가는 바로 모가지가 날아갈 수도 있으니 말이다.

'기회를 기다리자.'

지금 많이 웃어 두도록 해라.

머지않아 다시금 무신(武臣)들의 세상이 올 테니 말이다.

그렇게 생각할 때 서병주의 눈에 한 사람이 들어왔다.

백성엽.

대장군은 딱 봐도 심각한 얼굴이었다.

'분명 대장군은 이서하와 대화하고 있었는데.'

편전을 나올 때만 하더라도 대장군은 이서하와 긴밀히 무언가 대화를 나누고 있었다.

'대화가 잘되지 않았군.'

당연한 일이다.

이서하는 신유민 전하의 세력을 대표하는 무신(武臣)이다.

현 무신(武臣)의 정점에 있는 백성엽과는 일종의 경쟁 관계라고 할 수 있다.

'그리고 십중팔구 신유민 전하는 이서하를 편애했겠지.'

자신을 왕으로 만든 사람이니 말이다.

그렇다면 신태민을 잃은 사무신, 백성엽에게는 무엇이 필요할까?

바로 자신만의 독자적인 세력이다.

생각이 정리된 서병주는 백성엽에게 다가갔다.

"무슨 일이라도 있으셨습니까? 대장군님."

"서 가주님이시군요. 아무 일도 아닙니다."

"이서하 선인님과 대화를 하시는 거 같으시던데. 혹시 걱정이 있다면 말씀해 주시죠. 성심성의껏 돕겠습니다."

"돕는다니요? 무엇을 말입니까?"

"우리 선인들끼리 뭉쳐야지요. 그렇지 않으면 조정은 모두 신유민 전하의 사람으로 가득 차지 않겠습니까?"

그리고 백성엽은 구심점으로 삼기에 가장 안성맞춤인 인물이었다.

"이 나라는 우리 무사들이 피를 흘리며 지켜 온 나라입니다. 안전한 곳에서 책이나 읽으며 탁상공론이나 해 대는 놈들이 자기 마음대로 하도록 내버려 둘 수는 없지 않겠습니까? 개인적으로는 철혈님도, 상왕 전하도 물러난 지금 이 나라를 지킬 수 있는 건 대장군님뿐이라고 생각합니다."

서병주는 강하게 말하며 대장군의 반응을 살폈다.

이 정도 말했으면 알아들었을 것이다.

만약 그가 야망이 없다면 무시하고 지나갈 것이고, 야망이 있다면 무슨 반응이라도 보이겠지.

이윽고 백성엽이 고개를 끄덕였다.

"그렇습니까?"

"네, 뜻이 있으시다면 제가 사람을 모으겠습니다. 부디 이 나라의 무를 대표해 주시길 바랍니다."

"그렇게 사람을 모아서 무엇을 하실 생각입니까?"

"어느 정도 사람을 모으면 그때는⋯⋯."

서병주는 백성엽에게 자신의 계획을 말했다.

신유민과 이서하가 아무리 날고 기어도 어떻게 할 수 없는 그런 계획.

백성엽은 서병주의 말에 고개를 끄덕이며 말했다.

"나쁘지 않은 방법인 것 같군요."

"제 작전이 잘 통한다면 대장군님의 발언권 또한 더욱 커질 것입니다."

"좋습니다. 한번 사람들을 모아 주십시오."

백성엽의 허가가 떨어지고 서병주는 미소를 지었다.

"실망하시지 않도록 최선을 다하겠습니다. 대장군."

정치가 무엇인지 어린 국왕에게 알려 줄 기회가 왔다.

서병주는 그렇게 생각하면 음흉한 웃음을 지었다.

허남재.

신태민의 책사이자 모든 것을 주도했던 그는 난이 실패하자마자 유유히 수도를 빠져나왔다.

그의 얼굴을 아는 사람이 거의 없었기에 가능한 일이었다.

그렇게 한동안 천일을 떠나 있던 그는 방랑객으로 위장해 다시금 수도로 돌아왔다.

그리곤 지체 없이 홍등가에 들어서 어느 기방으로 향했다.

은월단.

이주원을 만나기 위함이었다.

마침내 목표한 곳에 도착한 지 얼마 지나지 않아 이주원이
방 안으로 들어왔다.

"이게 누구십니까? 허남재 씨 아닙니까?"

"오랜만입니다. 방주님."

하얀 소복을 나풀거리며 맞은편에 앉은 이주원이 미소를
지었다.

"화려하게 실패하셨던데요?"

"작전은 완벽했습니다. 모든 변수가 우리한테 안 좋은 쪽
으로 작용했을 뿐이죠."

차분히 말하는 것과 달리, 이서하의 이름을 떠올리는 것만
으로도 허남재는 여전히 속이 쓰렸다.

자신이 세운 계획은 완벽했다.

그대로만 이행되었다면 모두가 원하던 미래를 손에 쥐었
을 것이다.

그러나 이서하의 생존과 귀환.

어찌 보면 사소하다 여길 변수가 계획을 틀어 버렸고, 너무
나도 뼈아픈 결과를 만들어 냈다.

그렇기에 미련을 떨쳐 내지 못했다.

만약 그가 제시간에 도착하지 못했다면.

아니, 그 이전에 진명이 확실하게만 처치했다면.

"옥좌에 앉는 건 신태민 저하였을 겁니다."

그렇기에 이서하에 대한 원망은 어떻게 해도 해소할 수 없었다.

지금까지 이뤄 온 모든 것을 물거품으로 만들어 버렸으니까.

그리고 오래도록 품어 왔던 자신의 꿈마저도 말이다.

"그놈만 아니었다면, 이 나라 권력의 정점에 설 수 있었습니다. 이 내가. 허남재가."

이루지 못한 꿈에 분함을 토해 내는 허남재.

이주원은 그를 바라보며 한쪽 입꼬리를 비틀어 올렸다.

"그러고 보면, 이서하는 운명의 사랑을 받는 존재처럼 느껴지는군요."

이주원이 상처를 사정없이 후벼 팠으나, 허남재는 차갑게 바라볼 뿐이었다.

그렇게 침묵이 이어지길 잠시.

허남재가 무겁게 닫혀 있던 입술을 열며 물음을 던졌다.

"은월단은 이 나라를 전복시킬 계획이겠죠?"

"……그 무슨 망발을. 저희는 그저 신태민 저하를 왕으로 만들어 떨어지는 콩고물이나 주워 먹으려는 의도였을 뿐입니다."

"아니, 아니. 그렇지 않습니다. 그럴 거라면 신유민을 왕으로 만드는 게 더 쉬웠겠죠. 적법한 왕세자였고 또 이서하라는 존재도 있었으니까요. 그리고 혹시 압니까? 그 착한 신유민이라면 나찰을 위한 특별 지구 같은 거라도 만들어서 '다 같이 사이좋게 살자.' 이런 이상적인 말을 했을 수도 있고요. 그런데 왜 그렇게 안 했을까요? 콩고물은 어느 쪽이든 떨어졌을 텐데."

"……."

"은월단은 이 나라를 분열시키려고 한다. 그래서 착한 신유민보다는 야망 넘치는 신태민이 더 적합하다. 이렇게 본 거 아닙니까?"

허남재는 사실 처음부터 은월단의 속셈을 알고 있었다.

그들이 이 나라의 분열을 원한다는 것도.

신태민이 왕이 되고 난 후에는 은월단이 진짜 적이 되리라는 것도 말이다.

서로서로 이용하는 형세였을 뿐.

진정한 동맹은 아니었다는 것이다.

"그렇게 생각하시는 분께서 왜 또 저희를 찾아오셨습니까?"

"이제 저와 은월단은 뜻이 같아졌으니까요."

허남재는 장난기 가득한 얼굴로 말을 이었다.

"난 이 나라를 파괴할 겁니다."

"그러고 싶은 이유는?"

"가질 수 없으면 부숴 버려야죠. 남이 가지고 노는 걸 보는 게 얼마나 힘든 일인지 아십니까? 하긴 뭐 진정 무언가를 사랑해 본 적 없는 우리 이주원 방주님은 모르시겠지만. 왜? 기생은 사랑을 하지 않는다고 하지 않습니까?"

이주원은 표정을 굳혔다.

그러나 폭주한 허남재는 이를 모른 체하며 제 할 말을 이어 갔다.

"저도 은월단에 끼워 주십시오."

"그건 저 혼자 결정할 수 없습니다."

"설마요. 천하의 이주원 방주님이신데, 이런 것조차 처리 할 권한이 없다는 게 말이 됩니까?"

당연히 가능했고, 누구도 제지할 수 없을 것이다.

그럼에도 이주원은 애써 난색을 표했다.

그로선 허남재의 청을 받아들이고 싶지 않았으니 말이다.

"이 문제에 대해선 선생이랑 얘기를 해서……."

그렇게 거부 의사를 확실히 하려는 그때.

"얘 넣자."

여자의 목소리.

고개를 돌린 곳에는 산양의 뿔을 가진 소녀가 서 있었다.

"욕망이 아주 대단하네. 내가 가질게."

람다.

제국에서 내려온 나찰이었다.

"……이분은?"

"람다 님이십니다. 보다시피 나찰이시죠."

"나찰은 백발 아닙니까? 이분은 흑발인데……."

"왜? 설마 백발이 취향이야?"

어느 순간 허남재의 옆으로 다가온 람다가 그의 머리 위로 손을 올렸다.

"이건 내가 가져간다. 이주원."

그 순간 허남재가 몸을 부르르 떨었다.

마치 파도처럼 음기가 밀려들어 왔다.

순수한 욕망.

그것이 람다가 종으로 선택하는 기준이었다.

그렇게 허남재가 탁자로 쓰러지고 람다는 만족스러운 얼굴로 이주원에게 시선을 돌렸다.

"그런데 우린 언제 움직여?"

"조금만 기다려 주십시오. 이미 선생의 작전이 시작되었으니까."

신유민이 왕이 되면서 새로운 판이 깔렸다.

그리고 새로운 판에는 새로운 말이 필요하다.

"느긋하게 기다리죠."

조급해할 필요는 없다.

결전의 순간은 언젠가 찾아올 테니까.

◆ ◈ ◆

"심심하네."

"심심한데 왜 여기 계십니까?"

"몰라. 요즘은 대장군님도 안 만나 주고, 원정 임무는 다 취소됐고. 혼자 수련하는 건 또 재미없고."

"그럼 친구라도 만나러 가시죠."

"친구? 없지."

서아라는 한숨을 내쉬었다.

이 사람 원래 이런 성격이었나?

그나저나 이 귀찮은 사람 좀 누가 데려갔으면 좋겠다.

중서문하성(中書門下省)의 재신(宰臣) 중 하나인 찬성사로 임명된 이후로 할 일이 너무 많아졌다.

그런 상황에 친구 없는 아줌마의 푸념까지 들어야 한다니.

고역이다.

"그렇게 할 일이 없으시면, 밖에 나가서 저희 부대원들과 같이 수련이나 하시죠?"

"에이, 우리 애기들이랑 그럴 수는 없지."

"질까 봐 그러는 건 아니고요?"

"……."

서아라는 찔린 듯 씁쓸한 표정을 지었다.

항상 강자의 위치에 있던 그녀다.

후배들에게 추월당한다는 상황은 익숙지 않을 테니 말이다.

"그래도 너랑 유아린 그 친구 아니면 내가 질 일은 없어."

"상혁이도 실력 많이 늘었습니다."

"아슬아슬하게 내가 이길걸?"

"가서 해보시죠."

"너 내가 없어졌으면 좋겠다는 듯이 말한다?"

"눈치가 없으시진 않네요."

"야, 이렇게 예쁜 누나가 너처럼 어중간하게 생긴 애랑……."

"잘생긴."

마지막은 내가 한 말 아니다.

나와 서아라는 목소리가 들린 쪽으로 시선을 돌렸다.

그곳에는 산처럼 서류를 쌓아 온 아린이가 서 있었다.

아린이는 서류를 내려놓고는 서아라를 향해 강한 어조로
말했다.

"어중간한 게 아니라 '잘생긴'입니다."

"풉."

제발 아린아.

그러지 마.

"아니면 눈부시다고 하셔도 돼요."

"그, 그래. 그렇게 할게."

서아라는 애써 웃음을 참으며 자리에서 일어났다.

이건 이거대로 비참하다.

"그럼 눈부신 우리 이서하 선인님. 저는 나가 보겠습니다."

"……."

"알콩달콩 사랑하세요."

서아라가 눈을 찡긋 감는다.

그렇게 서아라가 나가고 아린이가 나를 보며 미소 지었다.

"더 도와줄 일은 없어?"

"충분히 도와준 거 같아."

그래도 서아라 내쫓아 준 게 어디냐?

"준비는 잘 되어 가? 네가 하고 싶어 하던 거."

군의 중앙 집권화.

문신들은 전부 내 제안에 맹목적으로 찬성해 줄 것이다.

대부분 신유민 전하의 사람들이니까.

게다가 젊은 유생들은 현 선인들의 행태에 큰 불만을 품고 있다.

이들의 특권을 뺏는다고 하면 쌍수를 들고 환영하겠지.

문제는 무신들이다.

특권을 뺏어 간다고 하는데 좋아할 사람은 그 누구도 없다.

분명 엄청나게 반대를 해 올 것이다.

그렇다고 이들을 내칠 수 있는가?

그것도 아니다.

반대한다고 잘라 버리면 그건 폭군이나 다름없다.

신유민 전하의 가장 큰 장점은 인자함.

그것으로 민심과 많은 문신들의 지지를 받고 있었으니 그 장점은 계속해서 가져가야 한다.

"반대 목소리가 꽤 클 거 같은데. 실제로 서병주 선인이 뜻을 같이할 무신들을 모으고 있다고 하더라고."

"응, 나도 단장님에게 들었어."

"괜찮겠어?"

쉬운 문제는 아니다.

그러나 정치는 혼자 하는 것이 아니다.

"걱정 마. 다 생각이 있으니까."

나는 내가 걱정해야 할 문제만 걱정하도록 하자.

편전 회의가 시작되는 날.

서병주는 홍의를 입으며 결전을 준비했다.

오늘 백성엽을 필두로 주도권을 다시 무신(武臣) 쪽으로
가져온다.

젊은 왕에게 정치가 무엇인지 가르쳐 줄 날이 밝은 것이다.

"그나저나 서아라는 오지 않는군요."

서아라.

같은 해남 서씨 출신으로 서병주에게는 눈엣가시와 같은
존재였다.

'방계 주제에⋯⋯.'

종가에 속한 자신과는 엄연히 출신 자체가 달랐다.

그럼에도 천재적인 검술 실력으로 백성엽의 눈에 들어 출

세 가도를 달리고 있으며, 사무신 중 하나로 무사들 사이에서 명망 높은 여자.

이런 요소들은 서병주가 10살도 더 어린 그녀에게 열등감을 가지도록 만들었다.

가주보다 빛나며 백성엽의 총애를 받는 선인으로 가주인 자신보다 더욱 빛나 보였으니 질투심이 끓어올랐던 것이다.

그럼에도 애써 자존심을 굽히며 서아라에게 이번 작전에 합류해 줄 것을 부탁했다.

그녀에 대한 시기보다는 신유민의 위세를 꺾는 게 더 시급했으니 말이다.

그러나 서아라에게서 돌아온 대답은……

"저는 정치에 관심 없습니다."

고지식한 거절이었다.

'혼자 도도한 척하기는.'

하지만 오히려 잘됐다.

이번 일만 잘 풀린다면 서아라까지 완전히 잘라 낼 수 있을 테니 말이다.

이윽고 준비를 끝낸 서병주에게 한 선인이 다가와 보고했다.

"모두 모였습니다."

"그래."

서병주가 밖으로 나왔을 땐 저택에는 선인들이 구름처럼 빼곡이 모여 있었다.

"이 나라를 걱정하는 선인들이 이렇게 많았을 줄이야."

감격에 겨운 얼굴로 말하는 서병주였으나, 속으론 회심의 미소를 머금고 있었다.

좋게 포장했을 뿐, 이 자리에 모인 대부분은, 아니 전부가 신태민을 따르던 이들이라 해도 과언이 아니었다.

즉, 저들도 알고 있는 것이다.

'이대로 가면 지금까지의 특권이고 뭐고 전부 뺏긴다는 것을.'

인생사 새옹지마라 했던가.

신태민의 낙마가 이렇게 자신에게 기회가 될 줄은 몰랐다.

이 정도 숫자라면 뭐든 할 수 있을 것이다.

제아무리 모든 문신들이 신유민 전하에게 충성을 맹세하고 있다고 하더라도 무신들을 제외하고 왕국을 운영할 수는 없을 것이다.

'잘만 풀린다면 내가 이 나라의 무를 대표할 수 있게 되겠군.'

물론 백성엽을 앞세우겠지만 이인자라도 되는 게 어딘가?

"자, 그럼 이 나라를 지키러 가 보자."

서병주는 자신이 정의라고, 진심으로 그와 같이 생각하며 위풍당당하게 걸음을 내디뎠다.

그렇게 도착한 왕궁.

때마침 한 사람이 서류 뭉치를 들고 안으로 들어서고 있었다.

"이서하 찬성사님 아니십니까?"

"아, 서병주 가주님. 회의에 참석하러 오셨군요."

13

"그냥 선인이라고 부르시면 됩니다. 그 서류들은 다 무엇입니까?"

"전하께 제출할 것이 많아 여러 가지라 이렇게 가져왔습니다."

"하인에게 시키시지 그러셨습니까?"

"아, 그렇네요."

이서하는 대단한 깨달음을 얻었다는 듯 고개를 끄덕였다.

이런 놈이 진짜 신태민의 야망을 꺾었단 말인가?

오히려 신태민에 대한 평가가 잘못된 것은 아닐까?

그런 생각에 허웃음이 나오려는 걸 간신히 참은 서병주는 다시금 이서하를 바라봤다.

정확히는 그가 들고 있는 서류 뭉치를 말이다.

"열심히 준비하셨겠지만, 아마 쉽지 않을 겁니다."

"그렇습니까?"

"현실적이지 않은 제안이니까요. 백성엽 대장군님도 찬성사님의 의견에 반대하는 입장이십니다."

"그래요?"

이서하는 아무렇지 않은 듯 태평하게 반문하고는 고개를 끄덕였다.

"그건 몰랐네요."

표정 관리를 하는 것인가?

불안해할 줄 알았는데 말이다.

"제 뒤의 선인들도 같은 입장을 표명하고 있습니다. 괜히 긁어 부스럼 만들지 마시고 이쯤에서 포기하시는 건 어떻겠습니까?"

이 정도쯤 하면 알아듣겠지.

서병주는 그리 생각했으나, 이번에도 이서하의 반응은 예상과 달랐다.

"하기도 전에 포기하는 성격은 아니라서 말입니다. 그럼 회의장에서 뵙죠."

이서하는 빙긋 웃고는 몸을 돌렸다.

어떠한 고민도 찾아볼 수 없었다.

'뭐지? 무슨 꿍꿍이라도 있는 것인가?'

이렇게 많은 선인을 보고도, 백성엽이 반대한다는 말을 듣고도 어떻게 저리도 태평할 수 있지?

쉽게 이해할 수 없는 상황이었으나, 서병주는 금세 스스로를 납득시켰다.

'속으로는 걱정이 되겠지.'

분명 허세일 것이다.

당장 꼬리를 말면 체면이 구겨질 테니 괜찮은 척 물러난 것이겠지.

아무리 이서하가 대단하다 한들, 이번 문제는 그 홀로 해결할 수 없다.

'정치는 숫자로 하는 것.'

그런 의미로 수많은 선인들을 등에 업은 서병주는 가장 발언권이 큰 사람이라고도 볼 수 있었다.

'거기다 백성엽 대장군까지.'

승리하지 못할 이유가 없다.

'나의 시대가 열리는구나!'

서병주는 그렇게 확신하며 회의장 안으로 발걸음을 옮겼다.

회의장.

자신의 자리를 찾아가던 서병주는 누군가를 발견하고 인상을 찌푸렸다.

'저년이 왜 저기에?'

신유민 전하를 기준으로 오른쪽이 무신(武臣), 왼쪽이 문신(文臣)의 위치.

엄밀히 보면 그녀 또한 무신(武臣)이니 당연히 오른쪽에 서 있어야 했다.

'그런데 왜 이서하 옆에……'

도무지 이해가 되지 않는 상황이었다.

위치야 그렇다 쳐도, 왜 하필 이서하인가.

평소 서아라는 백성엽 바라기로 유명했다.

그렇다면 당연히 백성엽 옆에 자리하는 게 마땅하지 않을까?

계속해서 의아함이 이어졌으나, 서병주는 이를 해결하지 못하고 넘어갈 수밖에 없었다.

신유민이 그럴 여유를 허락하지 않았으니 말이다.

"이번 회의는 군의 중앙 집권화에 관해 논의를 진행해 보고자한다. 이서하 찬성사, 일단 몇 가지 질문부터 해도 되겠는가?"

"네, 전하."

"중앙 집권화라 하더라도 효율적으로 군을 움직이려면 군단 편성은 필수일 것이다."

"그에 대해서는 생각해 놓은 방안이 있습니다. 이것을 한번 봐 주시겠습니까?"

이서하는 왕국 지도를 펼쳤다.

영토가 4개의 구역으로 나눠져 있었고, 이서하는 그중 수도 부분을 먼저 가리켰다.

"왕국군을 제1군단으로 편성. 또한 수도를 중심으로 운성까지가 포함됩니다."

뒤이어 나머지 세 부분에 설명이 이어졌다.

"신평을 주도로 삼아 내륙 지방이 2군단, 해남을 주도로 남쪽이 3군단, 마지막으로 계명을 주도로 북쪽에 4군단. 이렇게 총 4개의 군단을 편성할 생각입니다."

"좋은 생각이군."

그 이후로도 이서하는 군단 편성 예산 등을 전달했고, 문신들은 있는 힘껏 손뼉을 치기 시작했다.

감동이라도 받은 듯 울컥한 얼굴도 보였다.

그렇게 장시간의 이어지던 설명도 어느새 막바지에 이르러 있었다.

"일단 현재 마련된 방안은 여기까지입니다. 편성 규모 및 그에 따른 방침 등은 추후 다시 보고드리도록 하겠습니다."

위풍당당한 모습으로 제자리로 돌아가는 이서하였다.

반면 서병주의 미간은 잔뜩 찌푸려져 있었다.

회의 내용도 그랬지만, 국왕이 보인 모습까지도 마음에 들지 않았던 것이다.

'완전히 자기들 세상이구먼.'

상왕과 현 국왕이 회의를 대하는 자세는 확연한 차이를 보였다.

신하들끼리 의견을 나누는 걸 지켜보는 신유철과 달리, 신유민은 직접 참여해 자신의 의견을 내비치는 걸 주저하지 않았다.

그런데 오늘은 전혀 다른 모습을 보여 주고 있었다.

서로 문답을 주고받듯 했지만, 짜고 친다는 느낌이 너무나도 강했던 것이다.

마치 이서하에게 판을 깔아 주듯이 말이다.

'우리를 허수아비로 아는 것인가?'

본인만 그렇게 느낀 게 아니었다.

자신의 뜻에 동의한 선인들 또한 목석처럼 굳어 있지 않은가.

사태의 심각성을 체감했기 때문이다.

'결국 지들끼리 다 해 먹겠다는 소리군.'

언뜻 들으면 가주들에게 힘을 주겠다는 소리처럼 들리고,

해남 또한 포함되어 있으니 손해라 느끼지 않을 수 있다.

그러나 자세히 들여다보면 얄팍한 술수에 지나지 않았다.

어중간하게 중립을 지킨 운성은 1군단으로 배치해 버리고 성도는 언급조차 없지 않은가.

게다가 남부에 4군단을 창설한다 한들, 마땅한 전력으로 볼 곳은 해남이 유일했다.

결국 신유민을 지지했던 신평과 계명에만 힘을 실어 주겠다는 말이나 다름없었다.

'그대로 내버려 둘 수 없지.'

저들이 좋아하는 것도 여기까지다.

명분을 만들어 주었으니, 이젠 그에 대한 책임을 지게 해 줄 차례였다.

때마침 문신들의 박수가 잦아들며 신유민이 서병주에게 기회를 마련해 주었다.

"혹시 찬성사의 발언과 관련해 질문이 있나?"

"있습니다."

서병주는 당당하게 앞으로 걸어 나갔다.

"이서하 찬성사님의 주장대로 4개의 군단으로 나눌 경우 크나큰 위험 요소를 안게 됩니다."

"위험 요소라니요?"

"신평과 계명이 너무 큰 힘을 가지게 된다는 말입니다."

누군가의 주장에 반대하는 것은 매우 쉬운 일이다.

그냥 최악의 상황을 들먹이며 공격하면 빠져나갈 구멍이 없을 테니 말이다.

　　그러나 찰나의 순간 서병주는 자신의 실책을 눈치챘으나, 이미 돌이킬 수 없었다.

　　방금의 발언은 바라보는 시야에 따라 중요한 문제가 될 수도 있었으니까.

　　"그에 대해선 걱정할 필요 없습니다. 어디까지나 신평과 계명을 주축으로 삼아 군단을 편성할 뿐 전부 국군(國軍)임은 다르지 않으니 말입니다."

　　다행히 이서하는 이를 알아채지 못한 듯했다.

　　아니, 잠시나마 그런 것이라 생각했다.

　　직후 이서하가 비릿한 미소를 머금지 않았다면 말이다.

　　"그것이 아니라면…… 혹 신평과 계명이 반란을 일으킬 것이라 확신이라도 있으신 겁니까?"

　　이서하의 물음에 서병주는 아무 말도 할 수 없었다.

　　한마디라도 더 했다가는 졸지에 신평과 계명을 반란군으로 음해하는 꼴이 될 테니 말이다.

　　자칫 가문 대 가문의 전쟁까지 비화될 수 있었다.

　　"이 자리에 신평과 계명이 참석하지 않은 걸 다행으로 여기셔야 할 겁니다."

　　"크흠……."

　　멋쩍은 듯 헛기침을 내뱉은 서병주는 서둘러 다른 화제로 전환했다.

"군대가 커지면 움직임이 둔해지기 마련입니다. 그런 상황에 선인들이 가지고 있는 원정권까지 사라진다면 얼마나 많은 백성들이 마수에 고통받을지 생각해 보셨습니까?"

"그건 각 마을에 수비대를 배치할 생각입니다."

"예상외로 많은 마수들이 쳐들어온다면……."

"대비 체계만 갖춰 놓는다면, 마을 사람들의 대피와 지원 등이 동시에 진행될 수 있습니다."

"……."

한마디도 지지 않는다.

'저 망할 자식이…….'

더 말을 섞어 본들 본전도 못 찾는다.

서병주는 간단하고 확실한 작전으로 방향을 틀었다.

"이서하 찬성사의 말은 모두 이상론일 뿐입니다. 전하! 신(臣) 서병주, 선인들의 뜻을 아뢰옵니다. 현 제도는 상왕께서 고심 끝에 만들어 낸 법도로 지금까지 이 나라를 지탱해 왔으며 앞으로도 아무 문제 없을 것입니다."

그 작전은 바로…….

"부디 통촉하여 주시옵소서!"

"통촉하여 주시옵소서!"

통촉하여 주시옵소서 합창.

고전적이지만 그만큼 검증된 작전이었다.

'당혹스러울 것이다.'

20명도 더 넘는 선인들, 그것도 색의 선인들이 한마음 한 뜻으로 반대를 표명한다.

이제 막 옥좌에 오른 어린 왕이라면 누구든 겁을 먹을 수밖에 없을 터.

서병주는 허리를 숙인 채 회심의 미소를 지으며 슬쩍 고개를 들어 올렸다.

당황한 신유민의 얼굴을 보기 위해서였다.

그러나 그에 눈에 비친 신유민은 희미하게 웃고 있었다.

마치 예상이라도 하고 있었다는 듯.

여유롭게.

'뭐지?'

등줄기가 오싹해지는 그 순간이었다.

"나라를 생각하는 그대들의 뜻은 잘 알겠소. 그러나 아쉽게도 현 제도에는 너무나도 큰 문제가 있었소."

당당하고 청량한 목소리.

결코 겁먹은 자의 목소리가 아니었다.

"나 또한 이서하 찬성사의 제안을 듣고 원정대의 실태를 조사해 봤소. 아주 가관이더군."

"그게 무슨······."

"마수 두세 마리를 잡는 데 보름이나 걸리지 않나, 또 제대로 정보 조사를 하지 않고 의욕만 앞세워 소대를 전멸시키지 않

나. 도저히 이해할 수 없는 일들이 빈번하게 일어났더구려."

역으로 이번에는 서병주가 당황했으나 그는 최대한 침착하게 답했다.

"물론 악용하는 소수가 있긴 했으나 그들의 일만 가지고 제도 전체를 판단하는 건 아니 될 일이옵니다. 조금만 고쳐서 이어 나가시면……."

"유감스럽지만 소수가 아니었기에 하는 말이오."

신유민이 말하자 이서하가 기다렸다는 듯이 책자를 들어 보였다.

"이 책자 안에 적힌 것들 모두가 지금까지 선인들이 저지른 부정들입니다. 설마 내가 모를 줄 알고 있었습니까?"

서병주는 멍하니 이서하가 던지는 책자를 바라봤다.

너무 안일하게 생각했다.

'신유민…….'

책이나 읽던 샌님이라고 생각했었다.

그렇기에 조금만 압박해도 평정심을 잃고 겁을 집어먹을 것이라 확신했다.

그러나 무(武)가 아닌 문(文)으로 싸우는 전장에서 신유민은 왕국 10대 고수나 다름없었다.

말로는 승산이 없다는 것을 깨달은 서병주는 눈을 질끈 감았다.

'설마 이 방법까지 쓰게 될 줄이야.'

다 같이 통촉하여 주시옵소서를 외쳤음에도 물러나지 않는다면 남은 방법은 하나뿐이었다.

서병주는 기다렸다는 듯이 품 안으로 손을 넣어 하얀 종이를 꺼내 보였다.

사직서(辭職書).

이것이 서병주가 준비한 마지막 수.

"신(臣) 서병주, 필사의 각오로 아뢰옵니다. 부디 통촉하여 주시옵소서."

서병주가 사직서를 앞에 두고 절을 하자 그를 따르는 무신들 또한 이에 동참했다.

단체 사직이었다.

'제아무리 신유민이라도 문신(文臣)들만 데리고 정치를 할 수는 없을 터.'

문신과 무신으로 구분했듯, 각자 할 수 있는 일은 따로 있었다.

즉, 장내의 무신들이 일시에 사직해 버리면 왕국에 곤란한 상황이 펼쳐질 것이란 뜻이었다.

그렇다면 신유민이 할 수 있는 일은 하나였다.

"백성엽 장군은 어떻게 생각하시오?"

바로 이 나라 무신(武臣)들의 정신적 지주인 백성엽에게 기대는 것이었다.

그가 선인들을 설득해 주기를 바라면서 말이다.

'예상대로군.'

허나 백성엽은 이미 오래전에 포섭해 두었다.

이번 군 개편은 당파 싸움의 분수령이나 다름없다.

무신(武臣)과 문신(文臣)의 싸움.

이번 싸움에서만 이긴다면 백성엽은 무신(武臣)의 대표가 되어 이 나라의 반을 지배할 수 있을 것이다.

백성엽이 바보도 아니고 이 기회를 차 버리겠는가?

'그리고 내가 이 나라의 이인자가 될 것이다.'

그렇게 환상에 빠진 순간.

"소신(小臣) 백성엽, 이서하 찬성사의 개편안에 찬성하는 바입니다."

"그렇사옵니……!"

지원 사격을 하려던 서병주는 멍한 얼굴로 고개를 들어 올렸다.

지금 뭐라고 한 것인가?

찬성한다고?

이해할 수 없는 상황에 서병주는 홀린 듯 이서하에게로 시선을 돌렸다.

그리고 그런 그의 눈에 들어온 것은…….

"크흡."

이서하가 웃음을 참고 있는 모습이었다.

Chapter 93.

"통촉하여 주시옵소서!"

아주 충신들 나셨다.

자기들 이권을 지키기 위해 사직서까지 제출하며 무릎을 꿇는 걸 보니 간절하긴 한가 보다.

이 상황을 예견하지 못한 것은 아니다.

'신태민 측에 붙었던 놈들이 한 짓을 내가 다 아는데 무시할 수는 없지.'

서병주는 물론 지금 내 눈앞에 엎드린 놈들은 모두 능력도 없이 나라를 좀먹던 놈들이다.

한마디로 새로운 세상에는 필요 없는 놈들이라는 말이다.

그런데도 나는 이들을 바로 잘라 낼 수 없었다.

'명분이 약했지.'

신태민이 일으킨 난에 직접적으로 참가도 하지 않은 이들을 평소 친하게 지냈다는 이유로 쳐 낼 수는 없는 일이었다.

그래서 생각했다.

쳐 낼 수 없다면 자기 발로 걸어 나가게 만들자고.

아니나 다를까?

서병주는 바로 백성엽을 내세워 무신과 문신의 대립을 일으켜 나라를 분열시킬 계획을 세웠다.

그런데 이를 어쩌나?

"소신(小臣) 백성엽, 이서하 찬성사의 개편안에 찬성하는 바입니다."

백성엽 대장군은 양아치를 가장 싫어하는데 말이다.

실제로 서병주의 계획을 말해 주고 이 상황을 유도한 것이 바로 백성엽 대장군님이었다.

아린이에 관한 문제로 나와 마찰이 있었으나 백성엽은 그런 사사로운 감정으로 공과 사를 구별하지 못하는 인물은 아니었다.

"……!"

서병주는 놀란 얼굴로 백성엽을 바라보았다.

마치 주인을 잃어버린 똥개 같은 얼굴이다.

"크흡."

회의 중 빵 터질 뻔했다.

이윽고 서병주가 나에게 시선을 돌렸으나 나는 어깨를 으쓱하는 것으로 화답해 주었다.

난 아무것도 몰라요~.

그런 느낌으로 말이다.

"자, 장군! 그게 무슨 말씀이십니까? 분명 저에게는……."

"닥쳐라!"

생각보다 백성엽이 강하게 서병주를 비난했다.

"우리 모두가 내전이라는 비극을 겪은 지 얼마나 되었다고 이딴 정치 놀음을 하는 것인가? 모두가 힘을 합쳐도 모자랄 판에 나라를 분열시키려 들어?"

"장군! 분열이라뇨! 저는 그저 전하께서 잘못된 길을 가시는 것이 염려되어……."

"하아. 이런 염치도 모르는 자가 홍의선인이라니."

백성엽은 고개를 절레절레 흔들며 말했다.

"전하. 차라리 잘되었습니다. 스스로 사직서까지 가지고 왔으니 이들을 모두 해임하시고 능력과 뜻이 있는 젊은 선인들로 자리를 채우시는 게 어떻겠습니까?"

"하긴, 일하고 싶지 않다는 자들을 잡아 놓는 것도 그리 좋은 방법은 아니지요. 내 눈물을 머금고 그대의 조언대로 이들을 해임하겠소. 대장군."

참고로 말하면 이 또한 신유민 전하와 백성엽 대장군이 미리 말을 맞춘 것이었다.

저들이 스스로 사직서를 내게끔 만들고 그 자리에서 해임시켜 버리자고 말이다.

"……!"

전하의 말이 끝나기가 무섭게 무신(武臣)들 모두가 부모 잃은 아이처럼 전하를 올려다보았다.

"그, 그게……."

몇몇 무신들이 입을 열려 했으나 이미 사직서까지 보인 이상 되돌릴 수는 없었다.

한마디로 자기 꾀에 자기가 걸려 버린 것이지.

그리고 백성엽은 거기서 멈추지 않았다.

"또한 선인들을 선동해 이 나라를 분열시키려 한 서병주 선인에게는 그에 합당한 벌이 필요하다 판단되옵니다."

"어떤 벌이 적합할 거 같소?"

"귀양을 선고하시는 게 마땅한 처사라 생각됩니다."

"……대장군!"

서병주가 놀라 소리쳤다.

고작 귀향에 저리도 크게 반응하는 이유가 있었다.

'귀양을 가면 가주직에서도 물러나야지.'

영지를 돌볼 수 없는 상황이 되어 버리니 말이다.

그리고 그렇게 공석이 된 가주 자리는…….

"명성으로 보나, 실력으로 보나 차기 가주는 서아라 선인이 맡는 게 당연할 것이옵니다."

서아라의 차지가 될 예정이었다.

물론 가주는 각 가문에서 독자적으로 정한다.

그러나 이 나라의 국왕과 대장군이 추천하고, 당사자는 무인들의 높은 지지를 받는 인물.

대놓고 거역할 수 있을 이가 얼마나 되겠는가?

"맡겨만 주신다면 최선을 다하겠습니다."

"그래, 그럼 군단 편성에 대한 건은 모두 결정된 것 같군."

"네, 전하."

나는 백성엽을 향해 시선을 돌렸다.

그 또한 만족스럽다는 듯 웃고 있었다.

'남은 쓰레기를 정리하면서 남쪽에도 우리 영향력을 행사할 수 있게 되었으니까.'

꿩 먹고 알 먹고, 도랑 치고 가재 잡고.

나는 넋이 나간 서병주를 보며 미소 지었다.

한심한 놈.

이것이 바로 진짜 어른의 정치다. 이놈아.

선인들의 사직서가 전부 수리되고 서병주는 재판을 위해 구금되었다.

몇몇 이들은 서병주에게 속았다며, 이 나라를 분열시킬 생각은 전혀 없었다고 빌고 또 빌었지만 소용없는 일이었다.

인생은 실전이니까.

신태민이 그 꼴이 되는 걸 보고도 그런 얄팍한 수를 쓰다니.

역시 인간의 욕심은 끝이 없고 같은 실수를 반복한다.

"잘 해결되었군."

"대장군님께서 도와주신 덕분입니다."

서병주가 접근한 그날.

백성엽은 나와 신유민 전하를 만나 있는 그대로 상황을 고했다.

"이참에 기회주의자 놈들을 싹 쓸어버릴 생각입니다."

서병주 같은 기존의 무신(武臣)들이 무슨 일을 꾸미리라는 것쯤은 예측하였기에 그다지 놀라운 일은 아니었다.

다만 아린이에 대한 일로 그간 마찰을 빚고 있던 차에, 이런 중차대한 소식을 공유해 준다는 건 다소 예상외였다.

'신유민 전하가 대놓고 내 편을 들어 언짢을 만도 한데 말이야.'

그렇게 생각한 나는 은근슬쩍 의중을 드러냈다.

"솔직히 놀랍습니다. 그간의 일로 기분이 많이 안 좋으셨을 텐데."

"자넨 나를 그런 소인배로 보았나?"

백성엽은 혀를 차며 말했다.

"비록 서로 생각하는 바가 다르나 결국은 이 나라를 위해 무엇이 최선인가를 염두에 두고 있지 않은가? 그러나 저들은 다르지. 저들에겐 왕국의 안위는 전혀 중요치 않네. 오직 자신들의 지위를 보전하고 더 많은 이익을 차지하는 데만 열중할 뿐이지. 우리와는 근본적으로 다르다는 말일세."

"그렇게 말씀해 주시니 감사할 따름입니다."

"너무 고맙게 생각지 말게. 앞으로도 언쟁은 계속될 테니까. 하지만 이 나라를 부강하게 만들겠다는 같은 뜻을 품고 있는 한 나와는 같은 편이란 것도 잊지 말게."

그 무엇보다 든든한 말이면서 한편으론 가시가 돋쳐 있는 한마디였다.

'일종에 주의를 준 것이겠지.'

나라를 안 좋은 방향으로 이끈다면 자신과 적대하게 될 것이라는 경고.

물론 나로선 크게 걱정할 것도 없는 일이었다.

'과거의 전철을 밟지 않기 위해 회귀했으니까.'

이 왕국이, 나아가 제국 등 모두가 은월단과 나찰의 마수에서 벗어나는 게 내 최종적인 목표.

백성엽의 마음이 변하지 않는 한 내가 그와 반대에 설 일은 없을 것이다.

그때 서아라가 다가왔다.

"저한테도 귀띔 좀 해 주시지 그러셨습니까? 이서하 선인,

그쪽도 좀 너무하네."

"알아 봤자 네가 할 수 있는 역할이 없었다. 차라리 모르는 쪽이 기밀 유지 면에서 더 좋았다고 판단했다."

백성엽이 단호하게 대꾸하자 서아라는 머쓱한 듯 고개를 흔들었다.

"그래도 넌지시 언급은 해 주셨어야죠. 이런 식으로 가주가 되더라도 해남을 장악하는 데는 시간이 걸릴 겁니다."

서병주의 귀양은 확정된 것이나 다름없지만, 해남에는 여전히 서씨 직계가 남아 있다.

아무리 서아라가 무인으로 명성을 떨치고 있더라도 방계라는 출신이 방해가 될 것은 분명했다.

때문에 해남을 완벽하게 장악하는 데는 꽤 오랜 시간이 걸릴지도 몰랐다.

"그래서 힘들다는 소리인가?"

"그럴 리가 있겠습니까? 시간이 걸린다는 소리였죠."

"좋아. 그럼 해남을 장악하는 데까지 3개월 주지."

3개월?

나는 놀란 표정으로 백성엽을 바라봤다.

"지금 3개월이라 하셨습니까? 3년이 아니고요?"

"잘 들어 놓고 왜 묻는 것인가?"

뭐지 이 사람?

저 진지한 얼굴을 보고 있자니 전혀 농담이라 여길 수 없었다.

아니, 애초에 장난을 칠 성격도 아닌가?

나는 즉시 서아라에게 시선을 돌렸다.

"혹시 해남의 유지들과 잘 아는 사이입니까?"

"전혀."

"그렇죠? 해남에 아는 사람도 없죠?"

성무학관, 무과, 선인, 그리고 사무신까지.

어린 나이에 해남을 떠나 수도에서만 생활한 그녀다.

자기 세력은 물론 해남에 아는 사람조차 없을 것이다.

그런데 3개월 만에 장악하라고?

그런 말도 안 되는…….

"충분하네요. 오늘 바로 출발하겠습니다."

꾸벅 인사하고 바로 떠나는 서아라.

저걸 또 까란다고 깐다.

역시 서아라는 천상 군인이다.

"좀 무리한 명령 아닙니까?"

"자넨 서아라에 대해 얼마나 아나?"

"그렇게 많이는 모릅니다."

생각보다 성격이 가볍다는 거?

그리고 사무신 중에서 가장 정상적이라는 것 정도가 전부
였다.

"서아라는 젊은 나이에 저 자리에 오를 만큼 능력도 뛰어
나고, 무공의 경지도 훌륭하지. 하지만 그녀의 최고 장점은

따로 있네. 한번 맞춰 볼 텐가?"

"미인계입니까?"

"……그건 아니네."

이야, 안 웃네.

독하다. 백성엽.

그보다 최고의 장점이 뭘까?

계속해서 고민해 보지만 막상 떠오르는 게 없었다.

솔직히 회귀 전부터 정보가 있었던 것도 아니고, 알고 지낸 지도 오래된 게 아니니 말이다.

"잘 모르겠습니다."

답이 나올 구멍이 없는데 고민해 봐야 뭐 하나.

물음을 던진 사람한테 물어봐야지.

"수행력이네. 무슨 일이 있어도 명령을 완수해 내지."

"대부분 그렇지 않습니까?"

"아니, 대부분은 자기 생각이 들어가지."

나는 그제야 백성엽의 뜻을 알아챌 수 있었다.

자기 생각이 없다.

그것은 곧 무슨 일을 할 때 선입견이 들어가지 않는다는 것을 뜻했다.

"해남의 가주가 되라고 했으니 서아라는 가주가 될 것이네. 무슨 수를 쓰더라도. 자네도 그런 부하들을 잘 이용해 보게나."

"새겨듣겠습니다."

"그나저나 이제 빈자리는 어떻게 할 건가? 있으나 마나 한 놈들이 사라졌다곤 하나 그놈들이 차지하고 있던 자리가 적지 않네. 빠른 시일 내에 채워야 되지 않겠나?"

"몇몇은 생각해 두었습니다만……."

생각보다 많은 놈들이 갈려 나갔다는 게 문제다.

대세도 못 읽는 멍청한 선인들이 저리도 많았을 줄이야.

"빠르게 움직여 보겠습니다."

"그래, 빠르게 움직여야 할 것이야. 자네 말대로 나찰과의 전쟁이 시작된다면 빠르게 군을 조직해야 할 테니까."

동감이다.

그나마 다행이라면 이 나라에는 아직 인재가 많다.

내 머릿속에 있는 인재들을 전부 등용할 수만 있다면 나찰과의 전쟁 또한 충분히 승산이 있을 것이다.

'바쁘겠네.'

하지만 일단 더 중요한 일이 있다.

바로 3월 중순에 들어올 해리슨 상회다.

'출발했다고는 하는데…….'

바닷길이라는 게 어떻게 될지 모르는 일이란 말이지.

무사히 와 주기를 기도나 하자.

'할 일이 많다. 많아.'

아무래도 신사년(辛巳年) 또한 정신없이 지나갈 것만 같다.

◆ ◈ ◆

천지개벽이 일어난 1월과 2월이 지나가며 눈이 녹는 3월 중순이 도래할 무렵.

나는 해리슨 상회의 도착 예정일에 맞춰 항구로 나와 대기했다.

"크흠, 얼마나 대단한지 한번 봅시다. 대방님."

"그러자꾸나. 변승원 도방. 그런데 이렇게 많은 사람을 끌고 올 일이었나?"

나는 엄지로 뒤편을 가리켰다.

그곳엔 화려한 수레들과 수많은 무사들이 도열해 있었다.

모두 변승원의 조치로 이루어진 것이다.

"그래도 이건 너무 과한 게 아닐까?"

"대방님이 뭘 모르셔서 하는 말씀이십니다. 해리슨 상회는 갈리아 최대 상회가 아닙니까?"

변승원의 말대로 해리슨 상회는 명실상부 갈리아 최대의 상회가 되었다.

왕국에서 고생이란 고생은 다 하고 돌아간 엘리자베스는 마치 다른 사람이 된 것처럼 순식간에 해리슨 상회를 장악했다.

그 과정이 가히 혈겁(血劫)이라고 말할 수 있을 정도였다나 뭐라나.

아무튼 해리슨 상회를 장악한 엘리자베스는 압도적인 자금

력으로, 때로는 무력으로 다른 상회를 연이어 흡수해 나갔다.

그렇게 붙은 별명이 바로 피의 여인.

'엘리자베스의 생존이 제국을 완전히 바꿔 놓은 셈이지.'

회귀 전에도 꽤 큰 상회이긴 했으나 한 지역에서 알아줄 뿐.

제국을 평정할 정도는 아니었다.

결국 이마저도 회귀 전 역사와는 다른 상황이 펼쳐진 것이다.

이것이 향후 어떤 방식으로 영향을 끼칠지는 조금 더 지켜 봐야 알 것이다.

"그러니 우리도 왕국 최고라는 걸 보여 줘야 할 것 아닙니까? 저만 믿으십시오. 이런 것들이 다 기선 제압에 도움이 됩니다."

변 도방 입장에서는 그럴 수 있다.

해리슨 상회와 직접 연락을 취하고 거래를 진행하면서 그들 의 규모가 우리 은악상단보다 훨씬 크다는 것을 느꼈을 테니까.

하지만 그가 한 가지 간과하고 있는 것이 있다.

바로 상단주인 나의 존재다.

내가 누구냐?

은악상단의 주인임과 동시에 이 왕국의 재신(宰臣)이며 동 시에 엘리자베스의 은인이 아니던가.

'그래도 변 도방이 마무리 지을 수 있게 놔둬 볼까?'

그렇게 생각할 때였다.

"배가 들어온다!"

이윽고 저 멀리 거대한 선박들이 들어오기 시작했다.

마치 하늘에 닿을 것처럼 거대한 범선이 총 20척.

거기에 호위로 붙은 전투함까지 합친다면 거의 100척이 넘는 규모였다.

"……."

순간 압도되어 버렸다.

뭐야? 고작 2년 만에 상단 규모를 저렇게까지 키울 수 있을까?

아무리 갈리아 제국이 기술적인 면에서 왕국보다 100년은 앞서 있다고 하더라도 저건 좀 말이 안 되지 않는가?

"보셨죠? 제가 과한 게 아니라니까요."

"우리가 끌고 온 수레가 몇 대지?"

"100대 끌고 왔습니다."

"천 대를 끌고 왔어야지! 우리 변 도방 생각보다 손이 작네. 작아."

"……과하다고 할 때는 언제고 지금 그러십니까?"

내가? 언제?

수레 백 대로는 범선 한 대 분량도 못 채우겠다.

그때 저 멀리서 엘리자베스가 갑판 끝에 위험하게 매달려 손을 흔드는 것이 보였다.

"안녕하세요오오오오오!"

하지만 얼마 지나지 않아 빅터가 나와 그녀를 끌고 들어갔다.

"……."

여전히 빅터가 고생이 많은 듯 보였다.

이윽고 배에서 내린 엘리자베스는 가장 먼저 뛰어 내려와 내 앞에 섰다.

"오랜만입니다. 이서하 씨. 보고 싶었어요."

상큼하게 웃는 엘리자베스.

도저히 제국에서 피의 여인이라 불리는 이의 것이라곤 생각할 수 없는 미소였다.

"2년 만이네요. 잘 지내셨습니까?"

"바쁘게 지냈죠. 그런데 다른 분들은 같이 안 나오셨나요?"

엘리자베스는 주변을 두리번거렸다.

광명대 모두가 그녀에게는 전우나 다름없었으니 보고 싶을 만도 하겠지.

"친구들은 수도에 가면 만나 보실 수 있을 겁니다."

"정말요? 모두 어디 가지 말라고 그래요. 선물 사 왔으니까."

"오, 선물. 기대되네요."

눈웃음을 짓는 엘리자베스.

예상과는 달리 예전의 순수한 모습 그대로였다.

그리고 그때 슬슬 눈치를 보던 변승원이 앞으로 나오며 인사를 건넸다.

"은악상단의 도방(都房) 변승원이라고 합니다."

"……."

엘리자베스는 변승원을 힐끗 보더니 유창하게 말했다.

"반갑다. 난 해리슨 상회의 엘리자베스다."

"갈리아 제국 역사상 가장 위대한 상인을 뵙게 되어 영광입니다. 엘리자베스 님의 이름이 이곳 이역만리 왕국까지 자자합니다."

"그런가? 그건 또 몰랐네."

체면 어쩌고 하더니 바로 입에 발린 소리 하는 거 봐라.

하지만 저렇게 해서 항상 가격을 깎아 오던 변승원이다.

그가 엘리자베스를 상대로 어떻게 하는지 한번 지켜보도록 하자.

"그럼 저와 함께 한번 숫자를 맞춰 보실까요?"

"맞춰 볼 필요 없다."

엘리자베스의 말에 굽신거리던 변승원의 손이 멈추었다.

"이미 가격은 통보했을 텐데? 선의후리. 신용이 우선이고 이익은 나중이다. 너도 상인이라면서 이 말도 모르나?"

뭐야?

우리나라 말이 굉장히 유창해진 엘리자베스였다.

"하하하, 그렇죠. 이미 가격이 정해져 있었죠. 하지만 그때와 지금의 금값이 좀 달라져서 그것을 맞추는……."

"에누리 없다. 이미 우리 서하 님을 보고 가격을 낮춰 제시했던 것이니까. 안 그렇습니까? 이서하 대방님."

대방님을 붙여 부르는 거 봐라.

사적인 대화가 아니라 공적인 대화라는 것이겠지.

아무래도 대방으로서 이 상황을 정리해 줄 필요가 있다.

"원래 값 똑바로 치르게, 도방."

"워, 원래부터 그럴 생각이었습니다. 대방님."

그리고는 나에게 와서 말한다.

"조금이라도 깎아야죠?"

"난 깎을 생각 없어. 자네 돈도 아니면서 왜 그러나?"

"깎으면 제 돈 아닙니까?"

그랬지.

하긴, 이거 1푼만 깎아도 얼마냐?

하지만 난 그럴 생각 없다.

"이건 추가 수당 줄 테니 깎지 말고 똑바로 하게."

"그럼 어쩔 수 없네요. 알겠습니다."

그때 변승원이 한숨을 쉬는 것을 본 엘리자베스가 말했다.

"변 도방. 혹시라도 금에 장난치면 손모가지 날아간다. 알겠나?"

"……."

저런 말은 또 어디서 배운 거야?

게다가 억양은 왜 또 사투리인데?

그때 빅터가 내 옆으로 다가왔다.

"죄송합니다. 엘리자베스 님께서 현지에서 쓰는 언어와 제국에서 배우는 언어가 다르다는 것을 깨닫고 왕국의 민간 소설로 말을 배우셨습니다."

"……민간 소설이요?"

245

"네, 떠나기 전에 한상혁 무사님이 주신 것으로 말이죠."

그건 또 언제 줬다냐?

"갈리아에서 험한 일을 많이 겪으셔서 입이 거칠어진 면도 있습니다. 이해해 주십시오."

"저야 상관없습니다."

그래도 혹시 모르니 전하 앞에서는 우리말 쓰지 말라고 해야겠다.

"그나저나 물건은 확인해 봐도 되겠습니까?"

"어머, 그럼요. 같이 올라가 보시죠."

엘리자베스는 신이 나서 범선 위로 올라갔다.

"여기 3척에 실려 있는 모두가 이서하 대방님이 주문한 것들입니다."

거대한 목제 상자들이 끊임없이 실려 있다.

나는 상자를 열어 안에 담긴 내용물을 확인했다.

내부는 붉은빛이 감도는 돌들로 빼곡하게 채워져 있었다.

제대로 도착했구나.

그와 함께 내 얼굴엔 만족스런 미소가 피어났다.

반면 엘리자베스는 의문이 가득한 얼굴로 물어 왔다.

"그런데 이 돌을 왜 이렇게 많이 요청한 거죠?"

"아, 그건 말입니다."

나는 별다른 설명 없이 붉은 돌 하나를 집어 들어 양기를 불어넣었다.

그러자 돌이 환하게 빛나며 열을 발생시켰다.

극한의 양기를 버틸 수 있는 광석.

"나찰을 죽일 무기를 만들기 위해섭니다."

대(對)나찰용 전용 병기가 되어 줄 재료였다.

이 돌의 이름은 태양석(太陽石).

표면에 드러난 색에서 알 수 있듯이 웬만한 온도에서도 녹지 않을 정도로 불에 강한 특성을 지니고 있었다.

"거기에 양기를 증폭시키는 성질도 가지고 있죠."

어떤 무기가 떠오르지 않는가?

그렇다.

내가 들고 있는 천광이 바로 이 태양석으로 제작된 검이다.

그렇다고 천광을 양산할 수 있다는 말로 해석해선 안 됐다.

천광은 고대의 기술로 만들어진 최상급 명검으로 단순히 태양석을 보유한 것만으로 구현할 수 있는 물건이 아니었으니 말이다.

그러나 천광에 비할 수 없을 뿐이지, 나찰의 단단한 피부를 뚫는 것에는 문제가 되지 않았다.

"저기…… 또 궁금한 게 있는데요."

태양석의 용도에 대해선 이해됐지만, 엘리자베스는 여전히 의문이 해소되지 않은 듯했다.

"네, 말씀하시죠."

"이 돌로 병기를 제작할 거라면, 왕국에 있는 것을 사용하면 되는 거 아닌가요?"

"그게 가능했으면 이역만리 떨어진 제국에 도움을 요청하진 않았겠죠."

내가 목숨을 걸어 가면서까지 해리슨 상회를 지킨 이유는 비단 청매소 때문만이 아니었다.

태양석은 오직 활화산 근처에서만 만들어진다.

그러나 왕국의 화산들은 활동을 멈춘 지 오래고, 그나마 있던 태양석은 1차 나찰 전쟁 당시 대부분 소진되었다.

나에게 필요한 만큼의 양은 이 왕국에 없다는 뜻이다.

반면 갈리아 제국에선 썩어날 정도로 넘쳐났다.

"잠깐만요."

순간 엘리자베스가 표정을 굳히며 눈을 감더니 생각에 잠겼다.

머릿속으로 주판을 튕겨 보는 것이다.

이내 엘리자베스가 당장이라도 나를 죽일 듯 노려봤다.

"지금 저한테 사기 치신 건가요?"

왕국에서는 찾아볼 수 없는 희귀함.

대체 불가 재료.

이 두 가지 조건을 조합해서 나오는 결론은 간단했다.

어쩌면 왕국에서는 황금보다도 귀할 광물.

바로 부르는 게 값이라는 거다.

엘리자베스는 그런 물건을 고작 숯 정도의 가격으로 들여

온 것이다.

"사기라뇨? 어차피 갈리아에서는 난로 용도로만 사용하지 않습니까? 처치 곤란한 물건을 돈으로 바꿔 줬으니, 오히려 도움을 줬다고 봐야죠."

그녀로선 충분히 사기라 생각할 수 있다.

하지만 그건 보는 시야에 따라 다르다.

"안 그렇습니까, 엘리자베스 대표님?"

앞서 그녀가 나를 대방님이라 불렀던 것처럼 나 역시 그녀를 대표로 대해 주었다.

이에 대해 무지했던 건 그녀의 실책.

내가 사전에 태양석의 가치를 알고 있었다 해서, 그녀에게도 알려 줄 의무는 없었으니 말이다.

"와, 무서운 사람이었네요. 이서하 씨."

배신감 가득한 얼굴.

하지만 엘리자베스는 입맛을 다시며 이내 고개를 끄덕였다.

"좋아요. 그래도 생명의 은인이기도 하고 제가 부족했던 거니까 그 부분은 넘어가도록 하죠. 대신 무기 제조법은 알려줄 수 있겠죠?"

누가 상인 아니랄까 봐 이 상황에서도 최대한 이득 보려고 하는 거 봐라.

하지만 아까울 것도 없다.

나로서는 인류 모두가 한편이나 마찬가지.

굳이 요청하지 않아도 전해 줄 용의가 있었다.

"안 그래도 알려 드리려고 했습니다."

"오오! 역시 이서하 선인님이네요. 상도덕이 있어요. 제가 원래 사기 치는 놈들은 입술을 잘라서 전시해 놓거든요."

"……."

"물론 선인님은 강해서 그럴 수 없었겠지만."

"제가 약했으면 그렇게 했을 거라는……."

"에이, 설마요. 생명의 은인한테. 그냥 그렇다고요."

도대체 2년 사이에 엘리자베스에게 무슨 일이 있었던 건지 모르겠다.

"그럼 제조법은 언제 알려 주실 건가요?"

"한 1년 뒤쯤에 말씀해 드리죠."

"어머, 1년 뒤요? 너무 신용이 가는 말이라 어쩔 줄 모르겠네요?"

예쁜 미소에서 묘한 살기가 느껴지기 시작했다.

"그냥 지금 알려 주시죠?"

"지금은 저도 제조법을 몰라서 말입니다."

"……."

이상하게 들린다는 건 안다.

하지만 어떡하냐?

내 상황이 그런 것을.

"제조법을 아는 사람이 있거든요. 그 사람을 찾아야 합니다."

"그럼 그 사람을 찾아서 저한테 알려 주시면 될 거 같은데. 그게 어렵나요?"

"네, 어려워요."

"왜죠?"

"그 사람도 아직 제조법을 몰라요."

"……지금 저랑 말장난하자는 건가요?"

"아뇨. 전 진지합니다."

정확한 설명을 위해서는 회귀 전으로 돌아가야 한다.

과거, 백성엽은 나찰에게 넘어가는 나라를 구하기 위해 백방으로 노력했다.

그러나 소수의 고수를 제외하고는 음기를 두른 나찰의 피부를 뚫고 치명상을 입히는 것조차 불가능했다.

이에 양기 폭주의 필요성을 떠올린 백성엽은 불완전하게나마 극양신공을 되살려 냈다.

그러나 이후엔 무기가 버텨 내지 못했다.

'내가 천광의 필요성을 인지했던 것처럼 말이지.'

그제야 백성엽은 양기를 담을 재료를 찾게 되었고, 태양석의 존재를 알아낸 뒤에는 온 국토를 뒤집어엎으면서까지 확보에 열을 올렸다.

그러나 또다시 절망을 마주할 수밖에 없었다.

수중에 넣은 태양석이라곤 고작 한 수레 정도에 그쳤을 뿐이고, 내로라하는 대장장이들조차 태양석 제련에 실패했으니 말이다.

그런 비관적인 상황 가운데 혜성처럼 등장한 존재가 바로 어느 시골의 대장장이.

별 볼 일 없던 외형과 달리, 그는 엄청난 파급력을 일으켰다.

'태양석 제련법을 만들어 낸 천재.'

누구도 해내지 못했던 태양석 제련을 몇 주 만에 성공해 낸 것이다.

덕분에 백성엽은 다시금 희망을 불태우며 반격에 나섰으나, 큰 반전은 일어나지 않았다.

한 수레 정도의 태양석으로 만들 수 있었던 검은 겨우 100자루뿐.

더군다나 진짜배기 고수들은 왕자의 난과 전쟁 초기에 다 죽어 버렸다.

아무리 좋은 무기를 만들어 냈다 해도 무사의 질에 차이가 있었으니 격차를 좁히는 건 불가능했다.

'하지만 지금은 다르다.'

전처럼 대다수의 고수를 잃은 것도 아니고, 충분한 양의 태양석까지 확보했다.

이제 남은 것은 과거 태양석 제련에 성공했던 대장장이를 찾는 것뿐.

그리고 그가 회귀 전처럼 방법을 찾아내 주길 바라는 수밖에 없었다.

"1년 안에 정립해서 보내 드리죠."

"……에휴. 그러세요, 그럼."

엘리자베스는 미소를 지었다.

"어차피 한 번은 은혜를 갚을 생각이었으니까요."

"그럼 거래 체결이네요."

나와 엘리자베스는 미소를 지으며 손을 맞잡았다.

만족스러운 거래 결과였다.

◆ ◈ ◆

홍등가.

홍등으로 가득한 거리에는 술에 취한 남녀들로 가득했다.

그런 홍등가 안에서도 가장 화려하고 고급스러운 국일관
(國一館).

람다는 거대한 호수 한가운데의 정자에 앉아 달구경을 하
고 있었다.

"왕국 술이 맛있다고 하더니 진짜네."

그리고는 술잔을 내려놓으며 말했다.

"다가와도 좋다."

직후 누군가 람다의 앞으로 걸어와 앉았다.

거뭇거뭇한 피부에 넓게 벌어진 어깨.

그의 정체는 다름 아닌 허남재.

추했던 이전 모습은 온데간데없이 사라지고 지금은 말끔한 사내로 변모해 있었다.

"어때? 내가 준 힘은."

"새로 태어난 기분입니다. 현천의 기적에 감사드립니다."

"인간은 말이야, 고작 100년도 못 살면서 배우는 건 또 느려 터진 거북이 같단 말이지. 그래도 그 잠재력을 전부 끌어내면 쓸 만하다는 건 참으로 신기해."

그렇게 말하던 람다는 허남재를 매섭게 노려보았다.

"그래서, 내 달구경을 방해한 이유를 들어 볼까?"

요염한 눈빛 속에는 광기가 서려 있었다.

보통 사람이라면 다리가 풀려 주저앉았을 테지만 허남재는 황홀한 표정을 지었다.

람다는 신태민과는 비교할 수 없는 존재였다.

그런 존재를 섬기고 싶었다.

최고의 자리에 오르는 게 마땅한 압도적인 존재를 말이다.

그렇게 환상 속에 젖어 있던 허남재는 정신을 차리고는 품속에서 서신 한 장을 꺼내 건넸다.

"왕궁에 심어 놓은 밀정이 가져온 정보입니다. 은악상단에서 서역의 상회에 특별 주문한 물건을 이서하가 직접 가지러 갔다고 하더군요."

이서하.

요령성을 거점으로 삼으려던 자신의 계획을 뒤엎어 버린

바로 그 남자였다.

"그 이름이 많이 들리네? 이주원도 이서하만은 조심하라고 하고."

이주원이 람다에게 당부한 것은 딱 두 가지.

모든 준비가 끝날 때까지 멋대로 움직이지 말라는 것과 이서하에게 접근하지 말라는 것이었다.

물론 예의 바르게 돌려 말했지만 썩 듣기 좋은 말은 아니었다.

고작 인간 따위의 눈치를 보라는 소리였으니까.

"그래서? 그 이서하가 가지러 갔다는 물건이 뭔데?"

"글쎄요. 그것까진 알 수 없습니다."

"고작 그게 다야? 똑똑한 놈인 줄 알았는데 반쪽짜리 정보가 전부면 실망인데."

"제가 어찌 사소한 일로 감히 람다 님의 시간을 뺏겠습니까?"

"좋아. 계속해서 말해 봐."

"이 정보에서 중요한 것은 이서하가 해리슨 상회를 통해 무언가를 들여왔다는 것입니다. 또한 그 물건을 은악으로 보내려 하고 있습니다. 그게 무엇인지는 알 수 없으나, 운송 중일 때 습격해 탈취해 버리면 놈의 계획이 무엇이든 다 물거품이 되지 않겠습니까?"

"호오."

허남재가 칭찬해 달라는 듯이 입술을 올리자 람다가 피식 웃었다.

"당연한 소리를 지껄이면서 까부네?"

"죄송합니다."

"그래서 습격은 어떻게 하려고? 이주원의 당부도 있고 해서 나찰은 움직일 수 없을 텐데."

"나찰이 안 된다면 인간을 움직이면 되지 않겠습니까?"

허남재는 한 책자를 내밀었다.

"현재 이 국일관에서 음주가무를 즐기고 있는 선인들의 명부입니다. 아니, 정확하게 말하면 전(前) 선인들이라고 해야겠죠."

명부에 적힌 이들은 바로 서병주와 함께 사직서로 왕을 협박하다 잘린 선인들이었다.

"이들을 이용해 습격한다면 나찰이 의심받을 일은 없을 것입니다."

"이런 쓰레기들로 소자현을 이긴 이서하를 잡겠다고? 불가능해."

"쓰레기라도 람다 님께서 어루만져 주시면 황금이 되지 않습니까?"

"지금 네가 나에게 명령을 내리는 거야?"

"그럴 리가요. 단지 참모로서 세운 작전의 평가를 기다리고 있을 뿐입니다."

"말은 잘하네."

람다는 명부를 들고 흔들며 말했다.

"나도 주도적인 부하를 싫어하지는 않아. 이놈들은 어딨지?"

"전부 모아 놓았습니다. 제가 앞장서겠습니다."

그렇게 허남재의 안내를 따라 어느 방 앞에 도착했을 땐, 술에 취한 선인들이 신유민에게 저주를 퍼붓고 있었다.

"보라고! 그 샌님 자식이 이 나라를 제대로 망칠 테니까."

"나도 재산 다 챙겨서 제국으로 갈 생각이네. 더러워서, 참. 왕국에 망조가 들었어. 망조가."

"백성엽 그 새끼도 그래. 지는 얼마나 깨끗하다고 말이야!"

람다는 불쾌한 얼굴로 코를 막았다.

"냄새하고는 진짜."

"죄송합니다."

"아니야, 됐어. 들어가지."

람다는 직접 문을 열고 방 안으로 들어갔다.

갑작스러운 손님의 등장.

내부에 자리하고 있던 선인들과 기생 모두의 시선이 문 쪽으로 쏠렸다.

그렇게 잠시 침묵이 이어지던 중 한 남자가 일어나며 말했다.

"이야, 우리 방주가 신경을 많이 써 주네. 봐봐! 이렇게 특별한 선물을 주는 걸 보라고. 우리 아직 안 죽었다니까?"

"크하하하하! 그래도 너무 어린 거 아니야?"

"나찰이 어린 게 어딨나? 저래 보여도 할머니뻘일 수도 있다고."

그 순간.

허남재가 앞으로 뛰어나가며 서 있던 선인의 목을 잘랐다.

"꺄아아악!"

기생들이 비명을 지르고 람다는 한심하다는 듯 허남재를 바라봤다.

"누가 내 명령 없이 움직이래? 병사 하나 줄었잖아."

"죄송합니다. 현천에 대한 무례를 참을 수 없어서 그만······."

허남재는 피로 물든 손을 닦았다.

"이, 이 자식이!"

흥분한 선인들이 허남재를 향해 검을 뽑아 들 때였다.

"움직이지 마라."

람다의 목소리에 선인들의 몸이 그대로 굳었다.

그렇게 옴짝달싹 못 하는 선인들의 가운데로 걸어 들어간 람다는 한 손을 들어 올리며 말했다.

"선택해라. 이 자리에서 죽을지. 아니면 너희들을 이렇게 만든 신유민에게 복수할지. 셋을 세겠다. 하나."

"······이 나찰 년이 뭐라는 거야?"

써억!

주제도 모르고 입을 연 선인의 목이 바닥에 굴러떨어졌다.

그제야 상황을 파악한 선인들은 벌벌 떨며 람다를 바라봤다.

그 순간에도 초읽기는 진행 중이었다.

"둘."

"복수를 바랍니다!"

한 선인이 무릎을 꿇는 것과 동시에 앞다투어 다들 람다에게 절을 올렸다.

람다는 흐뭇하게 미소를 지었다.

"그럼 모두 동의한 것으로 알겠다."

그리고 그 순간, 람다의 손에서 흘러나온 검은 기운이 선인들의 몸으로 스며들었다.

직후 선인들의 몸이 거칠게 요동쳤고, 그로부터 얼마의 시간이 흐른 후 떨림은 잦아들었다.

이내 모두가 천천히 자리에서 일어났다.

초점이 흐린 눈.

람다는 만족스럽지 않다는 듯 혀를 찼다.

"다들 실패작이네."

실패작은 자아를 잃는다.

하지만 상관없다.

어차피 이들은 전부 일회용이니까.

"병사는 네가 관리해라. 허남재."

"네, 현천이시여."

"현천이시여!"

람다가 한 손으로 인사에 답하며 떠나고 허남재가 주변의 기생들을 돌아보며 말했다.

"그럼 일단 기밀 유지부터 하자꾸나."

그날, 국일관의 수많은 꽃이 꺾여 나갔다.

수도에 도착한 나는 명월관을 통째로 빌려 해리슨 상회의 사람들을 맞이했다.

"그래도 신경 써 주셨네요? 이거 수도에서 가장 큰 객잔이 잖아요."

"맞습니다. 신경 써야죠. 갈리아 제국 최고의 상단주가 직접 오시는데."

"역시 왕국 최고 상단의 대방님이십니다."

"크하하하하."

"호호호호!"

역시 돈이 최고다.

명월관을 하루가 아니라 삼 일이나 빌렸으니 말이다.

이걸로 회귀하면 해 보고 싶은 돈지랄 중 하나는 표시할 수 있게 되었다.

그리고 그때 저 멀리서부터 환호 소리가 들려왔다.

신유민 전하가 도착한 것이었다.

나는 자랑스럽게 가슴을 펴며 신유민 전하를 맞이했다.

"인사하세요. 국왕 전하십니다."

"오!"

엘리자베스는 잔뜩 긴장한 얼굴로 신유민 전하가 다가오는 것을 기다렸다.

이윽고 신유민 전하가 환하게 웃으며 그녀에게 밝은 미소를 지어 보였다.

"먼 길을 와 주셔서 감사합니다. 엘리자베스 님."

그 순간 등골이 오싹해져 왔다.

'엘리자베스가 쓰는 단어들은…….'

상혁이가 준 소설에서나 나오는 단어들.

어떻게 봐도 국왕 전하와 대화할 만한 단어들은 아니었다.

그렇기에 국왕 전하 앞에서는 내가 통역하는 걸로 할 생각 아니었는가?

'말하는 걸 깜빡했다!'

그러나 내가 말릴 새도 없이 엘리자베스가 허리를 숙이며 말했다.

"만나 뵙게 되어 영광입니다. 전하."

생각했던 것과는 다른 평범한 인사.

'하긴, 아무리 그래도 국왕 전하한테 막말하지는 않겠지.'

서툴다고 하더라도 존댓말의 개념은 예전부터 알고 있던 그녀다.

크게 걱정할 필요는…….

"이렇게 까리한 분이셨군요."

"……!"

그 순간 갈리아 제국 사람을 제외한 모든 이들의 시선이 엘리자베스에게로 꽂혔다.

"크크크."

웃음소리의 주인공은 한상혁이었다.

저 자식이다.

저놈이 바로 만악의 근원이다.

엘리자베스는 그제야 분위기를 파악하고는 내게 속삭였다.

"지금 제가 말실수했죠?"

"네, 아주 심하게."

"아 씨, 좆됐네."

"……."

순수한 얼굴에서 나오는 저 말투.

도저히 적응되질 않는다.

그렇게 분위기가 얼어붙다 못해 쩍쩍 갈라지는 순간이었다.

"하하하, 하긴 내가 좀 까리합니다."

신유민 전하의 한마디에 모두의 표정이 풀렸다.

다행이다.

신유민 전하가 우리 국왕이라.

"죄송합니다. 제가 왕국 말이 서툴러서."

"아닙니다. 서역 출신 중 이렇게 우리말을 잘하는 분도 적으니까요. 혹시나 부탁하고 싶으신 게 있다면 언제든 말씀하세요."

"감사합니다. 전하."

그렇게 신유민 전하가 떠나고 엘리자베스는 가슴을 쓸어
내렸다.

"후우, 왕실 모독죄로 모가지 날아갈 뻔한 거 맞죠?"

"그 정도는 아닙니다."

"저희 갈리아 제국에서는 그래요. 그래도 국왕 전하가 이
해심이 넓어서 다행이네요. 그리고……."

엘리자베스는 상혁이를 노려봤다.

"한상혁 씨? 그 소설 다 표준어라고 하지 않았습니까? 누구
인생을 조지려고."

"와, 왕국 말 정말 많이 늘었네요? 좋은 소설을 추천해 준
보람이 있네요."

"저런 기생오라비 같은 놈 말을 들으면 안 됐는데."

"그럼 외전은 안 보실 겁니까?"

"외전이요?"

엘리자베스의 눈이 반짝 빛났다.

"그건 못 참지! 지금 당장 가져오세요."

"물론이죠. 갑시다."

저건 또 무슨 조합이냐.

아린이 역시 상혁, 엘리자베스 조합을 어이없다는 듯 바라
봤다.

"엘리자베스 씨가 원래 바보였나?"

"아니, 아니. 똑똑한 사람인데……."

극과 극은 통하는 모양이다.

그때였다.

"마침 둘 다 있었군."

전하를 따라온 백성엽이 나에게 다가왔다.

"시간 괜찮나? 둘 다."

"……."

무슨 말을 할지 예상이 간다.

"네, 오늘은 시간 많습니다."

"그럼 일단 찬성사가 공들여 가져온 물건부터 보고 싶은데."

"그러시죠."

나는 수도 은악상단 지부로 백성엽을 안내했다.

태양석을 본 그는 바로 그 정체를 간파해 냈다.

"나찰과 싸울 병기를 만들 생각인가?"

"태양석을 아실 줄은 몰랐는데요."

"이서하 자네가 나찰, 나찰 노래를 부르니 좀 알아봤네."

"그럼 대화가 빠르겠네요. 곧 있을 나찰 전쟁을 대비해 사들인 것입니다. 이 왕국에는 태양석이 남아 있지 않아서 말이죠."

"그리고 이걸 은악으로 가져가 제련하겠다는 건가?"

"그렇습니다."

"진짜로 뭔가 근거는 있나 보군. 나에게 말해 줄 수 있나?"

"저를 믿어 달라는 말밖에는 할 수 없겠네요."

"그래. 그쪽의 감으로 신유민 전하가 왕이 된 건 사실이니

나도 어느 정도는 그 감을 신뢰해야겠지. 하지만 이건 너무 과한 거 아닌가? 나찰이 난을 일으켜 봤자 숫자가 적을 것이야. 자네 덕에 신유민 전하 밑으로 똘똘 뭉쳐서 응전한다면 쉽게 제압할 수 있을 텐데. 굳이 이 태양석이라는 것과 또……."

백성엽은 유아린을 노려보았다.

"……저 여자의 힘을 빌릴 필요도 없겠지."

백성엽이 저렇게 생각하는 것도 무리는 아니다.

현재 왕국에서 파악한 나찰의 규모는 매우 작으며 대부분은 왕국의 관리 아래에서 가축처럼 살아가고 있다.

위험한 나찰이라고 해 봤자 손에 꼽을 정도.

이들이 작정하고 난을 일으킨다고 한들 수만의 무사가 있는 왕국의 상대는 될 수 없다.

'그렇기에 은월단은 신태민을 왕으로 만들어 인간 스스로 무너지게 했다.'

그 계획이 실패한 지금 은월단은 무슨 생각을 하고 있을까?

'그냥 물러나지는 않겠지.'

신태민을 왕으로 만들기 위해, 또 왕국을 무너트리기 위해 십 년이 넘는 세월을 치밀하게 준비한 조직이다.

고작 계획 하나가 틀어졌다고 포기하지는 않을 터.

뭔가 또 다른 작전을 펼치고 있을 것이 분명했다.

'만약 내가 은월단이라면…….'

어떻게든 눈엣가시와 같은 나를 경계하고 있을 것이다.

'그럼 해리슨 상회를 이용한 것도 알고 있겠지.'

저렇게 대놓고 범선 수십 척이 들어왔는데 은월단이 모르길 바라는 것도 멍청한 짓이다.

정확히 무엇을 가져왔는지까지는 모를 수도 있다.

다만 한 가지 확실한 것은.

'이번에 뭔 일이 벌어져도 벌어질 것이다.'

그렇게 생각하는 사이 백성엽이 말했다.

"어떻게 생각하나? 불확실한 미래 때문에 눈에 보이는 위험 요소를 옆에 두는 건 멍청한 짓 같은데. 안 그런가? 유아린."

"저는 서하의 말을 따를 것입니다."

"뻔뻔하군. 수도에서 자신이 한 일을 기억하지 못하는 건가? 아니, 기억하지 못한다 하더라도 듣지 못한 건 아닐 텐데?"

"다 기억하고 있습니다."

"그걸 기억하는데 떠나지 않겠다? 당장 이재민들이 있는 판자촌으로 가 보거라. 거기 가면 부모를 잃은 자식들이 수두룩하지. 또 자식을 잃어 정신이 나간 여자들은 매일 울고 있고, 남편들은 그런 부인을 보며 술독에 빠져 지낸다."

"……."

"그게 다 네가 만든 비극이다. 유아린."

백성엽의 말을 들은 아린이가 몸을 떨기 시작했다.

냉정함이 그녀의 장점이었으나 그렇다고 이건하처럼 감정이 없는 것은 아니었다.

그렇기에 그녀는 누구보다 자신이 만든 비극을 잘 알고 있었다.

단지 이겨 내고 있을 뿐.

"저는⋯⋯."

그렇게 아린이가 힘겹게 입을 여는 순간.

난 그녀의 말을 잘랐다.

"아린이가 필요한지 아닌지는 제가 판단합니다."

"이렇게까지 말했는데 고집을 부리는 건가? 이서하 찬성사."

"저도 이렇게까지 말했는데 대장군님이 이해해 주시지 않는다면 어쩔 수 없네요. 그 근거 보여 드리죠."

"근거를 보여 준다고? 아까는 근거가 없다고 하지 않았나?"

"아직은 없습니다."

나는 태양석 상자를 두드리며 말했다.

"하지만 제 말대로 하시면 직접 보실 수 있을 겁니다."

직접 보면 알게 될 것이다.

나찰이, 은월단이 얼마나 위험한 존재인지를.

그리고 과할 정도로 준비하지 않으면 안 된다는 것을.

"그래, 그럼 나도 한마디 하도록 하지. 만약 이번에도 나를 설득하지 못한다면⋯⋯."

그리고는 아린이에게로 시선을 돌린다.

"어떻게 해서든 저 여자를 내쫓을 것이야."

"그래요. 하지만 만약 제 근거가 맞는다면 아린이에게 사과하셔야 할 겁니다."

"난 사과할 만한 짓을 하지 않았네만?"

"인간에게 괴물이라고 부르지 않았습니까?"

예전의 나였다면 백성엽에게 이렇게 따지지 못했을 것이다.

그러나 지금은 다르다.

내 사람도 못 지키면서 어떻게 인류 전체를 지키겠는가?

"사과하시고 도와 달라고 직접 부탁하셔야 할 겁니다."

백성엽은 조소를 흘리고는 고개를 끄덕였다.

"그래, 자네 말대로 나찰이, 그것도 아주 강한 세력이 왕국
을 공격하려 한다면 내 직접 무릎 꿇고 사과하지."

그렇게 나와 아린이를 스치듯 지나간 백성엽은 고개를 돌
리며 말했다.

"기대되는구먼. 어떻게 될지."

누가 아니래.

"저도 마찬가지입니다. 대장군."

이번이 아니면 언제 또 대장군이 무릎 꿇고 사과하는 걸 보
겠는가?

엘리자베스가 수도에 도착한 지 3일이 지난 날.

나는 호위대를 꾸려 은악으로 향했다.

"규모가 어마어마하네요."

나와 함께 선두에 선 엘리자베스가 뒤를 돌아보며 말했다.

태양석을 실은 수레만 총 200대.

은악상단에게 있어서는 상단 역사상 가장 큰 운송 작업이
었다.

"신유민 전하에게 부탁해 호위대를 꾸렸습니다."

"어머, 우리 해리슨 상회의 기사들만으로도 충분할 텐데
요. 이번에 돈 많이 써서 제 호위 기사 수를 늘렸거든요. 실력
있는 사람들로."

확실히 엘리자베스의 호위 기사들은 딱 봐도 수준이 높아
보였다.

대부분 빅터와 비슷, 혹은 그 이상.

왕국 수준으로 보자면 실력 좋은 백의선인 정도의 인물들
로 구성된 것만 같았다.

"잘하셨습니다. 필요하죠."

"그럼요. 갈리아에서도 얼마나 나를 암살하려 드는지. 물
론 그런 놈들은 다 복수해 줬지만요."

엘리자베스는 미소를 지었다.

"설마 또 저번처럼 습격받지는 않겠죠?"

글쎄다.

그렇게 평야에서의 조용한 시간도 잠시.

은악의 험한 산길이 우리를 맞이했다.

"이거 길이 원래 이렇습니까?"

"열심히 넓히고 정돈해서 이 정도입니다."

"도대체 왜 이런 곳에 본부를 둔 거죠?"

"그만큼 안전하니까요."

실제로 은악은 나찰과의 전쟁 때도 꽤 오래 버텼으니 말이다.

"산에 오니까 2년 전이 생각나네요."

"대곤산맥 때 말이군요."

"그때도 산에서 습격받아서 앞뒤로 끊어지고 얼마나 개고생을 했는지."

어떻게 일이 잘 풀려서 망정이지 그때는 정말 백야차 손에 죽는구나 싶었다.

"이번에도 그렇게 습격당하는 건 아니겠죠? 설마 이서하 씨가 재신(宰臣)으로 있는 왕국 치안이 그렇게 개판일 리는 없잖아요. 그죠?"

"개판일 수도 있죠."

"네?"

"엘리자베스 씨. 말이 씨가 된다는 말 못 들어 봤죠?"

엘리자베스가 설마 하는 얼굴로 나를 바라보고 있었다.

"설마……?"

"설마가 사람 잡는다는 말도 있죠."

이윽고 나는 손을 들며 외쳤다.

"모두 정지!"

펑!

내 말과 동시에 검기(劍氣)가 날아와 수레 두 대를 날렸다.

"와우."

얼굴이 하얗게 질린 엘리자베스는 머리를 쓸어 올리며 말했다.

"이 나라 치안 정말 개판이네요. 개판."

"하하하. 그러게 말입니다."

어떻게 한 치도 내 예상을 벗어나지 않을까?

그나저나…….

"우리 대장군님이 무릎 꿇게 생겼네."

지금쯤 어떤 표정을 짓고 계실지 몹시 궁금할 뿐이었다.

상단 행렬의 중앙 부근.

한 중년의 남자가 기사들 사이에 배치되어 길을 걷고 있었다.

평범한 무복과는 어울리지 않는 깊은 눈동자.

백발을 곱게 위로 묶은 남자는 어이가 없다는 듯이 피식피식 웃다가 말했다.

"이렇게 걷는 것도 오랜만이군."

남자의 정체는 백성엽.

그는 이서하의 제안으로 대장군이 아닌 일반 무사 신분이

271

되어 상단 호위에 합류했다.

절대로 신분을 드러내지 말라나 뭐라나.

다행히도 신분을 숨기는 건 쉬운 일이었다.

백성엽을 직접 마주해 본 무사들도 없을뿐더러 설사 지나가다 본 이가 있다 하더라도 설마 대장군이 일반 무사가 되어 호위대에 참가했으리라고 생각할 수는 없을 테니까.

"이런 식으로 복수를 하는 건 아니겠지?"

백성엽은 그렇게 생각하며 이서하가 있을 선두 방향으로 시선을 돌렸다.

출발 전.

이서하는 백성엽에게 이렇게 말했다.

"분명 습격이 있을 겁니다."

이서하는 웅크리고 있던 나찰들이 단합해 왕국이 무너질 정도의 반란을 일으킬 것이라고 확신했다.

그리고 이를 위해 갈리아 제국에서 가져온 태양석을 노리고 있을 것이라고 말이다.

물론 말도 안 되는 소리다.

현재 나찰 대부분은 인간의 관리 아래에 있으며 지배에 벗어난 나찰은 극소수에 불과했다.

만약 다른 선인이 이러한 보고를 올렸다면 첫 문장만 읽고 찢어 버렸겠지.

하지만 다른 누구도 아닌 그 이서하가 이토록 강하게 주장을 하는 만큼 그냥 넘어갈 수는 없었다.

'항상 무언가를 알고 있는 듯이 행동해 왔다.'

아미숲에서의 일만 봐도 그러하다.

오직 이서하만이 아미숲의 특성을 정확하게 이해하고 완벽한 대비를 했었으니 말이다.

'은월단이라고 했나?'

신태민에게 조력해 주던 비밀 단체.

그들이 나찰을 부린다는 것도 사실이다.

"한번 속아 주지."

아무것도 신경 쓸 필요 없이 그저 앞만 보며 행군하는 것도 나쁘지 않다.

백성엽은 하늘을 올려 보며 수십 년만의 여유를 만끽했다.

"옛날 생각도 나고 좋군."

지휘관으로서 보는 풍경은 일반 무사가 보는 풍경과는 다를 수밖에 없었다.

행군 속도는 적당한지, 앞에 매복은 없을지, 뒤처지는 무사는 없는지를 전부 신경 쓰며 나아가야 했기에 하늘 같은 걸 올려다볼 여유는 없었다.

그렇게 은악에 도착한 백성엽의 앞으로 한 남자가 다가왔다.

"식사는 잘하셨습니까?"

출발 때부터 백성엽의 옆에서 같이 행군하던 젊은 무사였다.

그는 백성엽을 나이 많은 노병이라고 생각했는지 무슨 일이 있을 때마다 먼저 말을 걸어오며 챙겼다.

백성엽은 피식 웃고는 말했다.

"잘 먹었습니다."

"아직 날이 추워 잘 먹어야 버틸 수 있습니다. 여기 모포입니다. 하나 얻어 왔죠. 산 위로 올라가면 올라갈수록 더 추워질 것입니다."

한서불침(寒暑不侵)의 경지에 오른 백성엽이었지만 청년의 호의를 무시할 수는 없었다.

"고맙습니다."

그렇게 말하는 순간이었다.

음산한 음기에 등골이 오싹해졌다.

'이건……'

나찰의 기운은 아니었다.

굳이 말하자면 유아린이 폭주했을 때와 비슷한 기운.

그렇게 백성엽이 발걸음을 멈추는 순간.

절벽에서 검기가 날아들었다.

"……!"

백성엽은 뭣도 모르고 앞으로 걸어가던 청년의 목덜미를 잡아끌었다.

"윽!"

청년이 화들짝 놀라며 엉덩방아를 찧는 것과 동시에 그의 옆으로 지나가던 수레가 폭발했다.

펑! 하는 소리와 함께 수레가 산산조각이 나며 길 아래로 떨어졌다.

백성엽은 굳은 얼굴로 검기가 날아온 방향을 바라봤다.

이서하의 말대로 습격이 있다.

그러나 그것은 나찰이 아니었다.

"죽어어어어어!"

절벽을 타고 내려온 남자는 호위대를 향해 검을 휘둘렀다.

백성엽도 아는 얼굴.

바로 스스로 사직서를 내고 파직당한 선인들이었다.

'단순 원한으로 인한 습격인가?'

백성엽은 청년을 향해 달려드는 선인의 검을 막았다.

챙! 하는 소리와 함께 묵직한 기운이 백성엽을 짓눌렀다.

"……!"

백성엽은 놀란 눈으로 선인을 바라봤다.

습격해 온 남자의 눈에는 초점이 하나도 없었다.

이성을 잃어버린 짐승처럼 오직 광기뿐.

"무슨 일이 있었던 것이냐?"

"죽어라아아아아아아! 백성엽!"

대화가 통하지 않는다.

폭주로 인해 완전히 이성을 잃은 것이다.

그러나 무공 실력은 전과 비교할 수 없을 정도로 강력했다.

최소 초절정의 경지.

절정 수준에 머물며 선인이랍시고 거들먹거리기만 하던 선인이 아니었다.

"인간이길 포기했구나."

날아간 이성.

마치 각성이라도 한 듯 강해진 무공.

이것이 의미하는 것은 딱 하나였다.

음기 폭주.

그러나 저 많은 선인들이 동시에 음기 폭주를 일으키고, 또 정확하게 이 상단을 습격한 것이 우연일까?

절대로 아니다.

그제야 백성엽은 이서하의 말을 인정할 수밖에 없었다.

'그래, 이서하. 네 말이 옳다.'

나찰이 무언가를 꾸미고 있다.

그것도 인간을 이용해서.

'은월단이 나찰을 이용하는 것이 아니라 나찰이 은월단을 이용하는 것인가? 아니, 그게 아니라면……'

둘 다 서로를 이용하고 있을 수도 있겠지.

백성엽은 작게 한숨을 내쉬며 주변을 돌아봤다.

어느새 절벽에서 뛰어내린 선인들이 호위대와 전투를 벌이고 있었다.

호위대는 똘똘 뭉쳐 응전했지만, 실력의 차이가 너무나도 심했다.

그리고 그때였다.

"백성엽부터 죽여라!"

절벽 위에서 한 남자가 외쳤다.

그리고 마치 그의 명령에 반응이라도 하듯 선인들 다섯이 모여들었다.

그러자 백성엽의 옆에 주저앉아 있던 청년이 당황한 얼굴로 그를 올려 보았다.

"백성엽……. 대, 대장군님이십니까?"

자기가 열심히 챙기던 그 노인이 왕국의 대장군이라는 것을 들었는데 어찌 놀라지 않을 수가 있겠는가?

백성엽은 씁쓸하게 청년을 내려다보며 말했다.

"속여서 미안하구나. 일단 몸부터 피하거라."

일개 무사가 나설 자리는 없는 듯싶었다.

이윽고 다섯 방향에서 선인들이 달려들었다.

"죽어어어어!"

백성엽이라고 하더라도 초절정 수준의 선인 다섯을 상대로 오랜 시간을 버티는 건 불가능한 일이었다.

"크윽!"

그렇게 하나, 둘 상처가 생겨날 때였다.

"대장군님!"

주저앉아 있던 청년이 백성엽을 돕겠다며 선인을 향해 달려들었다.

그러나 그건 악수였다.

"멈춰라!"

푹!

청년이 검을 찔러 넣었으나 음기 폭주에 이성을 잃은 남자는 고통스러워하는 기색조차 보이지 않았다.

"……!"

분노한 선인이 청년을 향해 검을 휘둘렀고 백성엽은 이를 악물었다.

'망할!'

백성엽은 다른 선인들을 상대하기도 바쁜 상황이었다.

지켜 줄 수 없다.

까마득한 후배들이 죽어 가고 있음에도 백성엽이 할 수 있는 거라고는 선인들의 공격을 막아 내는 것밖에 없었다.

"으아아아아아!"

백성엽이 검을 크게 휘두르고 청년을 향해 고개를 돌리는 그 순간.

촤악! 하는 소리와 함께 피가 솟구쳐 올랐다.

"무사하십니까?"

짙은 풍란 향.

백발에 붉은 눈.

소름 끼치게 아름다운 여자는 희미한 미소와 함께 말했다.

"구해 드리러 왔습니다. 대장군님."

유아린.

이성이 마비되는 음기 폭주의 상태였으나 그녀는 이 현장의 그 누구보다 침착해 보였다.

이윽고 유아린이 백성엽의 옆을 스쳐 지나가며 초식을 펼쳤다.

혈극재신법(血極災神法), 선혈희(鮮血戱).

피의 채찍이 세 선인의 몸을 갈기갈기 찢었다.

살점이 튀고 피가 하천을 이룬다.

아린이 조종하는 선혈은 춤을 추듯 폭주한 선인들을 도륙했다.

그 참혹하고도 아름다운 현장을 멍하니 바라보던 백성엽은 이윽고 유아린에게로 시선을 돌렸다.

'그래, 그렇구나.'

초절정 경지의 고수를 어린아이처럼 다루는 압도적인 강함.

"이 아이는 필요하겠어."

이서하의 말대로 유아린은 나찰 전쟁에서 꼭 필요한 존재였다.

그리고 그때 황금빛을 띤 한 남자가 하늘에서 떨어졌다.

이서하.

그는 도착하자마자 선인 셋을 베어 넘기고는 백성엽에게로 시선을 돌렸다.

"무사하십니까? 대장군님."

"……하."

백성엽은 어이가 없다는 듯 웃었다.

"아주 완벽한 순간에 나타나는구나."

반가울 수밖에 없게끔 말이다.

Chapter 94.

습격이 시작되자마자 기사단은 엘리자베스를 중심으로 모여들었다.

"엘리자베스 님을 부탁합니다."

"걱정하지 마시고 가십시오. 대방님."

습격의 불꽃은 행렬의 중간 지점을 불태우고 있었다.

그러니 선두에 있는 엘리자베스는 아마도 안전할 것이었다.

극양신공을 발동한 나는 바로 현장으로 날아갔다. 그러나 내가 도착했을 때는 이미 상황이 거의 종료된 상태였다.

"무사하십니까? 대장군님."

"하. 아주 완벽한 순간에 나타나는구나."

"원래 주인공은 중요한 순간에 나타나야 하는 법이죠."

나는 습격자들의 시신을 살폈다.

"서병주와 함께 사직서를 제출했던 선인들이네요."

"그렇네. 그러니 원한에 의한 습격이라고도 볼 수 있겠지."

"정말로 그렇게 생각하십니까?"

그렇다면 실망인데 말이다.

"설마 그러겠는가? 그렇게 봐주기를 원했겠지. 그래서 하나 물어보겠네. 나찰이 이들을 조종한 것인가?"

"조종이라고 하기는 좀 뭐합니다. 다들 자기 의지를 가지고 움직이는 건 맞거든요."

"그렇다면?"

"욕망을 부풀리고 그 욕망을 이룰 힘을 준다고 말하는 게 맞겠네요."

"그걸 조종이라고 하는 걸세. 그런데 말하는 걸 들어 보니 자네는 이 상황이 처음이 아닌 거 같네만."

"요령성에서도 이와 같은 적을 상대했었습니다."

"그렇다면……."

"네. 제국의 나찰이 넘어왔습니다."

회귀 전에도 제국의 나찰들이 움직였던가? 그것도 이렇게 이른 시점에?

'아니, 제국의 나찰들은 넘어오지 않았었다.'

적어도 요령성에서 마주했던 이 나찰의 능력은 본 적이 없었다.

생각보다 사태가 심각해지는 것만 같았다.

그때 백성엽이 말했다.

"자네의 말을 의심해서 미안했네."

"괜찮습니다. 맹목적인 믿음보다는 서로 어느 정도 의심하며 교차 확인을 하는 것이 이 나라를 위해 더 좋은 일이니까요."

자신의 실수를 인정하고 앞으로 쓸데없는 논쟁만 안 벌인 다면 전혀 상관없는 일이었다.

"대신 아린이한테는 사과해 주십시오. 적어도 우리 편임은 확실해지지 않았습니까?"

"……."

백성엽은 말없이 고개를 끄덕였다.

하긴, 저 나이에, 그리고 저 위치의 인물이 무릎을 꿇고 용 서를 빈다는 건 쉽지 않은 일이다.

"무릎까지는 꿇을 필요가 없……."

그렇게 자비를 베풀려고 할 때.

백성엽이 아린이의 앞으로 걸어가더니 바로 무릎을 꿇었다.

그것도 모든 무사들이 보는 앞에서 말이다.

아린이가 놀란 듯 눈을 동그랗게 뜨자 백성엽은 모두가 들 으라는 듯 말했다.

"지금까지의 내 발언을 사죄한다. 용서해 주길 바라네."

"……네. 저는 괜찮습니다. 일어나시죠."

"그리고 한 가지 더."

백성엽은 절까지 하며 말했다.

"인간을 위해 싸워 주게."

저렇게까지 할 줄이야.

이해가 안 가는 건 아니다.

아린이의 싸움을 직접 본 지금 그녀가 얼마나 큰 전력인지 알았을 테니 말이다.

혹시라도 그녀가 싸우지 않겠다고 하면 큰 손실이겠지.

물론 아린이가 그럴 리는 없지만 말이다.

아린이는 어쩔 줄 몰라 하며 백성엽과 나를 번갈아 보았다.

나는 그런 그녀에게 고개를 끄덕여 주었다.

하고 싶은 대로 하라는 뜻이었다.

아린이는 미소와 함께 백성엽의 어깨를 잡아 일으켜 세웠다.

"그렇게 하겠습니다. 일어나세요. 땅이 더럽습니다."

"고맙네."

백성엽은 아무 일 없었다는 듯이 무릎을 털고 일어나더니 나에게 다가왔다.

"그런데 태양석이 다 소실돼서 어떡하나? 최소 8할은 소실된 거 같은데."

확실히.

습격자 중 한 명이 절벽 위에서 계속 검기를 날려 댄 탓에 수레 대부분이 소실되었다.

하지만 난 바보가 아니다.

"설마 습격이 있다는 걸 예상하면서 그렇게 중요한 물건을 싣고 왔겠습니까?"

"……그럼 수레 안에 들어 있던 건 뭔가?"

"그냥 돌멩이입니다."

한마디로 모든 것이 헛수고였다는 소리지.

내 입장에서는 백성엽을 설득할 수 있게 도와줘서 고마울 따름이다.

"그럼 태양석을 실으러 돌아가 볼까요?"

전부 내 손바닥 위였다고나 할까.

부처님의 마음을 조금은 알 것만 같은 작전이었다.

◆ ◈ ◆

은악의 산길.

허남재는 절벽 위에서 검기를 날려 수레를 부수는 데 집중했다.

유아린의 손에 람다의 수하들이 죽어 나가고 있었으나 허남재의 목표는 어디까지나 이서하의 계획을 방해하는 것뿐.

수레만 다 부수면 더 이상의 볼일은 없었다.

그렇게 정신없이 수레를 부수던 허남재는 마지막 수하가 쓰러짐과 동시에 몸을 돌려 자리를 벗어났다.

마지막 순간에 이서하까지 등장했으니, 더 이성 수레의 파괴를 이어 갈 수 없었으니 말이다.

그로 인해 그의 낯빛엔 아쉬움이 가득했다.

"벌써 끝인가?"

나름 선인이었으니 기대해 봤건만.

쓰레기는 아무리 고쳐 써도 쓰레기였다.

'그래도 이 정도면 충분하다.'

최소 8할의 수레를 폭발시켰으니 완벽하진 않더라도 작전은 성공이라고 볼 수 있다.

그렇게 한달음에 홍등가로 돌아온 허남재는 이 기쁜 소식을 바로 람다에게 전했다.

"현천이시여! 성공입니다!"

허남재는 흥분해서 말했다.

"수레 대부분을 파괴하는 데 성공했습니다. 이서하가 무엇을 가지고 왔든 쓸 만한 물건은 남아 있지 않을 것입니다."

"그래? 이서하라는 놈도 별거 없었나 보네."

람다는 살짝 미소를 지어 보일 뿐 별다른 반응을 보이지 않았으나 허남재는 그것만으로도 날아갈 듯이 기뻤다.

"람다 님의 위대한 힘 앞에서는 아무것도 할 수 없었겠죠."

그렇게 자화자찬하고 있을 때였다.

"지금 무슨 짓을 한 겁니까!"

이주원이 급하게 정원 안으로 들어오며 외쳤다.

허남재는 의기양양해게 그를 돌아보았다.

작전이 성공했으니 이참에 기를 눌러 줄 심산이었다.

"이주원 방주. 기쁜 소식이 있습니다. 내가 이서하의⋯⋯."

그러나 허남재의 생각과 달리, 이주원은 깊게 한숨을 쉬며 말허리를 끊고 들어왔다.

"하아. 제가 가만히 있으라고 한 말을 못 들었습니까?"

이주원의 질책에 허남재는 미간을 찌푸렸다.

"⋯⋯제 말을 끝까지 들어 주시겠습니까?"

"들을 필요도 없습니다. 이서하를 습격하셨더군요."

"그렇다면 대화가 빠르겠네요."

계속된 무시에 열이 받은 허남재는 더 이상 감정을 숨기지 않았다.

"내 직접 선인들을 동원해 이서하가 수입해 온 물건들을 대부분 파괴했습니다. 이는 람다 님을 위해서도, 그리고 은월단을 위해서도 좋은 일 아닙니까?"

"정말로 그렇게 생각하십니까?"

허남재는 지금의 상황이 이해가 되지 않았다.

은월단에게도 이서하는 최악의 적이 아니던가.

그런 그의 계획을 망쳤다면 좋아해도 부족할 텐데 왜 저렇게 씁쓸한 표정을 짓는 것인가?

아무리 생각해 봐도 답을 찾아낼 수 없었던 허남재는 호소했다.

"그럼 말씀해 보시죠. 제가 뭘 잘못했는지. 아무리 생각해도 가만히 앉아서 여자들이나 상대하는 당신한테 이렇게 무시당할 이유는 없는 거 같은데 말입니다."

이주원은 한심하다는 듯 허남재를 바라보며 말했다.

"……성공했다면 그렇겠죠."

"오해하시는 게 있는가 본데, 비록 전부를 파괴하진 못했으나 8할 이상을 제거했습니다. 이걸 성공이 아니면 뭐라고 부릅니까?"

이주원은 인상을 쓰더니 앞머리를 쓸어 올렸다.

"쯧, 신태민이 허무하게 죽은 이유가 있었네."

"지금 뭐라고……."

"이서하가 바로 수도에 돌아온 건 아십니까?"

"당연히 돌아왔겠죠. 물건들을 잃은 마당에 은악으로 갈 필요는 없을 테니까요."

"그랬다면 제가 이렇게 화를 낼 이유가 있겠습니까? 돌아오자마자 수도 지부에서 진짜 물건들을 수레에 싣고 있더군요."

"……진짜 물건이요?"

"네, 허남재 책사님."

순간 망치로 얻어맞은 것처럼 머리가 멍해지는 허남재였다.

"이제야 아셨습니까?"

이주원은 답답하다는 듯 고개를 흔들었다.

"삽질 제대로 하셨습니다. 이번 사건으로 백성엽마저 나찰들이 움직인다는 것에 확신을 가졌을 겁니다. 당신의 안일한 행동으로 이제 문무(文武)가 그 어떤 의심도 없이 힘을 합쳐 전쟁을 준비하게 되었다는 말입니다. 한 수로 나라를 통합하시다니. 참으로 대단하십니다."

"……."

허남재가 눈에 핏대를 세우며 자신을 비꼬는 이주원을 노려봤으나 단 한마디의 반론도 꺼내 들지 못했다.

여전히 충격에서 헤어 나오지 못하고 있었기 때문이다.

"제발 가만히 있으세요. 당신은 이미 패배하지 않았습니까?"

그러나 뒤이어진 이주원의 가시 돋친 말은 허남재가 간신히 유지하고 있던 이성의 끈을 싹둑 잘라 버렸다.

"이 남창……."

순간 이성을 잃은 허남재가 이주원의 목을 비틀어 버리기 위해 손을 뻗으려는 순간.

"그만!"

람다의 중재로 허남재는 간신히 이성을 되찾아 한 발짝 물러났다.

동시에 이주원의 차가운 시선이 람다에게 향했다.

"현재 마주한 상황이 초기 계획한 것과는 완전히 달라졌습니다. 선생이 새로운 판을 짜고 있으니 조금만 더 기다려 주십시오. 람다 님."

"그래, 이제 아무것도 안 할게. 걱정하지 마라."

"그렇게 믿고 가겠습니다."

이주원이 떠나고 허남재는 이를 악물었다.

이서하를 이겼다고 생각했다.

이번만큼은 그를 앞질렀다고 생각했다.

그렇게 새로운 주인에게 인정받을 수 있으리라 믿었다.

그러나 고작 남창 놈에게 무시당하고 새로운 주인 앞에서 망신당했다.

"으아아아아아아!"

허남재는 비명과도 같은 함성을 내지르고는 람다를 향해 무릎을 꿇으며 이마를 처박았다.

최악의 실수다.

그리고 이 실수로 주인인 람다마저 이주원에게 무시당했다.

람다의 종이 된 허남재로선 죽어 마땅한 죄였다.

"죄송합니다, 람다 님. 저의 실수로 람다 님의 얼굴에 먹칠을 했습니다."

"됐어. 그럴 수도 있지. 나도 허가한 작전이니 내 탓이 없다고 볼 수는 없지."

람다는 의외로 평온하게 말했다.

"저렇게까지 말하는데 가만히 구경하자고. 선생이라는 인간이 얼마나 잘하는지."

선생은 큰 그림을 그리고 있다고 했다.

그 그림이 얼마나 화려할지는 지켜보면 알 수 있을 것이다.

"흥이 식었다. 난 들어가지."

람다가 매정하게 일어나 떠났으나 허남재는 그대로 이마를 박고 있었다.

찢어진 피부에서 피가 흘러나와 지면을 적심에도 그는 계속해서 땅에 머리를 짓눌렀다.

'이게 다 이서하 때문이다.'

처음부터 끝까지.

신태민 때부터 지금 이 순간까지.

사사건건 모두 이서하가 방해를 해 왔다.

그런 생각이 들자 모든 분노가 이서하에게로 향했다.

'찢어 죽여 주마. 이서하.'

허남재는 홀로 그렇게 다짐했다.

◆ ◇ ◆

은악(銀岳).

백성엽 대장군은 은악에 들어서자마자 진심으로 감탄했다.

그럴 수밖에 없을 것이다.

과거 은악은 별 볼 일 없는 도시였다.

은광산이 메마르고 난 뒤에는 그 어떤 생산성도 기대할 수 없는 도시로 전락해 버림받았다.

이는 과거의 찬란함과 대비되며 더욱 초라해 보이도록 만들었다.

그러나 지금은 과거의, 아니, 전보다도 더 화려하게 부활해 있었다.

"이렇게까지 도시가 변할 줄이야."

나는 감탄하는 백성엽의 옆으로 다가갔다.

"돈만 있다면 불가능한 것은 없죠."

그러자 백성엽이 나를 돌아봤다.

"언제부터 준비한 것인가?"

"은악을 받았을 때부터입니다."

"그러면 성무학관 1학년 때일 텐데⋯⋯."

"그렇습니다."

"그럼 그때부터 나찰과의 전쟁을 준비했단 말인가?"

날카로운 질문이다.

그리고 이에 대해선 응당 고개를 끄덕여 줄 수 있다.

오랜 투자와 개발 끝에 은악에는 제국식 양산형 대장간이 들어섰고 한시도 쉬지 않고 돌아가고 있었다.

나의 돈, 시간, 그리고 지식이 들어간 결정체라고 할 수 있지.

또한 청신산가 지부에서는 미래의 선인들이 수련에 임하는 중이었으며, 성벽 보수도 병행한 끝에 천혜의 요새라는 말이 어울릴 정도의 위엄을 갖추었다.

모두 회귀 전 세웠던 계획들이 순조롭게 이어지고 있다는 뜻이었다.

'하지만 사실대로 말할 수는 없겠지.'

15살의 어린 나이 때부터 나찰과의 전쟁을 준비했다고 하면 그게 더 이상하지 않겠는가?

대충 얼버무리자.

"그냥 돈이 많이 남아 도시를 개발했을 뿐입니다. 경영 놀이처럼 말이죠. 그게 이렇게 풀릴 줄은 몰랐지만 말입니다."

"거짓말을 하는군."

"……."

믿어 줄 거라고는 생각하지 않았다.

그때 대장간을 향해 달려 나가는 엘리자베스가 보였다.

"오오오! 엄청난 생산 시설이네? 이거 나 줘."

그러자 상혁이가 고개를 저으며 단호히 거부했다.

"절대로 안 되지. 이건 은악의 가주인 나 한상혁의 피와 땀이 들어간 대장간이니까."

"……."

상혁이의 말도 사실이다.

저 녀석이 직접 벽돌을 날라 공사했으니 말이다.

그런데 왜 저 녀석이 잘난 척하는 게 좀 아니꼽지?

그렇게 생각하고 있을 때 한 여자가 나에게 다가왔다.

"그간 강녕하셨습니까? 이서하 선인님."

"조 가주님."

조수연.

은악의 가주였다.

아니, 가주 대리였다.

가주는 저기 저 멍청이지.

"아니, 가주 대리님이시네요."

내가 정정하자 상혁이 고개를 흔들며 다가왔다.

"그냥 수연 씨가 가주 해라, 가주 해. 뭣하면 그냥 결혼해서 가주로 만들까?"

"뭐? 그, 그런 식으로 결혼하는 건 좋지 않다고 생각하는데?"

민주가 놀라서 돌아본다.

꿔다 놓은 보릿자루처럼 엘리자베스와 상혁이의 만담을 불안하게 바라보고 있던 그녀였다.

아마 이번 상행에서 마음고생이 가장 심한 사람이 아닐까?

"농담이지. 왜 그렇게 진지해?"

"그런 저급한 농담 하지 마. 완전 극혐."

"오오, 실제로 사용하는 극혐을 봤다."

소설에서만 보던 표현을 보았다고 좋아하는 엘리자베스였다.

"……다음 계획은 안으로 들어가서 나눠 보실까요? 대장 군님."

더는 우리 광명대의 추한 꼴을 보일 수 없었다.

은악의 관청으로 향한 나는 다음 계획에 관한 이야기를 시작했다.

"이제 태양석을 은악으로 가져왔으니 태양석 검 양산의 반은 완료된 것입니다."

"반? 재료가 갖춰졌다면 지금 당장 양산을 시작해도 되는 거 아닌가?"

"그게, 아직 제련법을 모릅니다."

"……진심인가?"

백성엽의 표정이 일전 같은 내용을 들었을 때의 엘리자베스의 표정과 같았다.

하지만 어쩌겠는가.

진짜로 제련법을 모르는데.

"단순히 불의 온도를 높이는 것만으로는 태양석을 제련할 수 없다고 하더군요."

현재 은악의 대장간은 다른 왕국과는 차원이 다른 기계식 풀무를 이용해 더 강한 불을 만들 수 있었다.

그러나 그것만으로는 충분하지 않았다.

태양석을 이용하면 양기를 잘 흡수하는 검을 만들 순 있다.

하지만 강도가 너무 약해 쉽게 부러진다는 명백한 단점이 존재했다.

즉, 강철 등 여러 광석을 혼합해야 하는데 그 비율을 아는 사람은 현재 존재하지 않는단 말이지.

"그러니까 제련법도 모르면서 대장간과 재료를 준비했다는 건가?"

"그렇습니다."

"뭔가 순서가 이상한 거 같지만 자네가 하는 일이 다 그래 왔으니 이해하겠네."

그렇게 못마땅하다는 눈빛으로 바라볼 것까진 없지 않는가.

이건 나로서도 어쩔 도리가 없는 문제이니 말이다.

"그래서 이제부터 찾아보려 합니다."

"그 눈빛은 마치 적임자를 알고 있는 눈치인 거 같은데?"

"물론이죠."

회귀가 가능하다는 사실을 알게 된 이후, 나는 태양석 제련 법에 대해서도 백방으로 찾아다녔다.

그 과정에서 난관에 부딪힌 백성엽에게 찾아와 희망을 되찾아 준 이의 이름을 알아낼 수 있었다.

그의 이름은 바로……

"최천약이라고 하는 사람입니다."

"최천약?"

"네, 그가 바로 이 문제를 해결해 줄 유일한 사람입니다."

내가 본 기록이 사실이라면, 그만이 난제를 해결해 줄 수 있었다.

다만 문제가 있다면……

"그럼 최천약이란 자가 지금 어디 있는지도 알겠군."

"……"

"거기까진 모르는 건가?"

"······안타깝게도 말이죠."

백성엽의 말대로 내가 아는 정보는 극히 미미했다.

최천약이란 이름에 시골 출신이란 것만 알 뿐, 그곳이 어디 붙어 있는 곳인지는 전혀 밝혀진 바가 없으니 말이다.

"은둔해 있을 가능성이 높습니다."

"그렇다면 찾는 것 자체가 불가능한 일 아닌가? 단순히 이름과 직업만으로 사람을 찾는 데에는 오랜 시간이 걸릴 수밖에 없네."

"그에 대해서도 생각해 둔 바가 있습니다."

"자네 지금 뭐 하는 건가?"

"······네?"

"그런 게 있었다면 진작 밝혔어야 되는 게 맞는 게 아니냔 말일세."

백성엽이 두 눈을 부릅뜨며 노려보고 있었다.

물어본 것에 고분고분 답해 준 것일 뿐이지, 장난칠 의도는 아니었는데.

이 이상 가면 정말 무슨 일이 벌어질지 알 수 없으니, 어서 원하는 답을 던져 줘야겠다.

"은악에서 대장장이들을 위한 대회를 열어 볼 생각입니다. 그러면 어딘가에 숨어 있을 최천약도 참가하지 않겠습니까?"

"흐음······."

계획을 듣고 잠시 고민하듯 보이던 백성엽이 제 생각을 꺼내 들었다.

"왕국 대장장이들 중에서 정예를 추려 낼 수도 있겠군."

"맞습니다."

역시 백성엽!

대장군답게 또 다른 목표도 금세 파악해 냈다.

단순히 최천약을 찾는 데 그칠 것이 아니라, 이참에 실력 있는 대장장이들을 모두 손에 넣을 계획이었다.

혹시 아는가.

회귀 전에는 최천약이 제련법을 찾아냈지만 이번에는 다른 대장장이가 그보다 빨리, 더 좋은 제련법을 찾아낼지.

"그래서 참가 인원 확보를 대장군께 부탁을 드리려 합니다. 이 부분에선 저보다 대장군님이 더 빠르지 않겠습니까?"

국군의 모든 통솔권을 가진 대장군이라면 손쉽게 수만을 동원할 수 있을 것이다.

곳곳에 방을 붙이는 일도 내가 나서는 것보단 더 손쉽게 해결할 수 있겠지.

"그렇게 하지."

백성엽 또한 이에 동의한다는 듯 금세 자리에서 일어났다.

"일이 바빠지겠군. 난 바로 수도로 돌아가 지시를 내리도록 하겠네. 다만, 시간이 좀 걸릴 수도 있으니 참고하게."

"감사합니다."

"그리고 은약을 잘 지키게나. 주요 거점이 될 듯하니."

"그러지 않으셔도 더욱 신경 쓸 생각입니다."

나찰 전쟁에서 무기를 보급하는 거점이 될 테니 말이다.

"기대하고 있네. 이서하 찬성사."

그렇게 백성엽이 나가고 나는 관청 회의실 벽에 걸린 은악 지도를 바라봤다.

거주 구역, 산업 구역, 교육 구역으로 나뉜 도시 계획.

"이번에는 꼭 이긴다."

그리고 이곳 은악에서부터 모든 것이 시작될 것이었다.

은악에서 왕국 최고의 대장장이들을 모으고 있다!

이 소식은 순식간에 왕국 전역으로 퍼져 나갔다.

"신유민 전하께서 직접 모으신다지?"

"게다가 백성엽 대장군님이 직접 일을 맡았다고 하더군."

"뽑히기만 하면 월급으로 무려 50냥이나 준다는데?"

"50냥? 그게 진짜인가?"

"저기 방에 쓰여 있는 대로 읊을 뿐이네."

대장장이마다 수입은 다르지만 대부분 1년에 100냥 정도를 벌어들인다.

단순 연봉으로만 따져도 무려 6배에 달한다.

"그것뿐이겠는가? 가장 실력이 좋은 자는 은악의 수석 대장장이가 되어서 연봉 3,000냥에 저택까지 제공한다지 않나."

"저택까지? 완전 신분 상승이구면."

거기다 은악 아닌가?

은 광산이 메마른 후 은악은 한 번 몰락했었다.

그러나 새롭게 취임한 젊은 가주는 이 도시를 다시금 강철의 도시로 일으켜 세웠다.

왕국 그 어디에서도 찾아볼 수 없는 대규모 대장간이 밤낮으로 돌아가고 대장장이들이 무사처럼 특별 대우를 받는 도시.

대회에서 우승만 한다면 그 은악의 수석 대장장이가 될 수 있었다.

이 파격적인 조건은 모든 대장장이들의 마음을 흘렸다.

그리고 왕국 구석에 자리 잡은 한 시골.

대장장이들이 모여 있는 이 마을에서도 젊은 청년들이 흥분해 외쳤다.

"천재일우의 기회다! 가자! 얘들아!"

최천강.

젊은 나이에 마을 최고의 대장장이 자리에 오른 남자였다.

그를 따르는 동료들은 모두 고무된 목소리로 외쳤다.

"짓밟아 버리자고! 그 실력 없는 꼰대들."

최천강은 미소를 지었다.

'영웅은 난세에 태어난다고 하더니……. 나에게 이런 기회가 올 줄이야.'

시골 대장장이의 아들로 태어나 선택권도 없이 불과 씨름해 왔다.

누군가는 무를 갈고닦고, 누군가는 책을 보며 세상의 이치를 알아 갈 때 최천강은 더러운 대장간에 처박혀 있어야만 했다.

아무리 실력을 키워도 천한 취급을 받는 대장장이가 되어서 말이다.

하지만 일생일대의 기회가 왔다.

국왕 전하, 그리고 대장군의 마음에만 든다면 이름 있는 일가를 이룰 수도 있으리라.

"모두 준비해! 바로 떠난다!"

"오우!"

"아, 그리고 내 동생은 어딨지?"

"천약이? 천약이는 왜?"

"같이 데리고 가야지. 그래도 내 동생인데."

그때였다.

"형님! 단조 작업 다 끝냈습니다."

최천약.

최천강의 친동생이었다.

"이제 뭘 할까요?"

천강은 해맑게 웃는 동생을 바라보다 말했다.

"짐을 싸라. 은악으로 간다."

"은악 말입니까?"

"그래, 거기서 실력 좋은 대장장이들을 모집한다더구나. 오늘 바로 출발할 것이니 필요한 것들을 챙기거라."

"네, 네. 그러겠습니다."

최천약이 허둥지둥 달려가자 최천강의 친구가 말했다.

"야, 천강아. 그런 큰 자리에 꼴통을 데리고 가서 뭐 하냐?"

"그래도 동생이잖아."

그리고는 최천강은 의미심장하게 웃으며 중얼거렸다.

"나한테는 소중한 존재거든."

공개 모집을 선포하고 얼마 지나지 않아 은악은 각지에서 모인 대장장이들로 가득 찼다.

역시 백성엽도 일 하나는 아주 기막히게 한다.

문제는 너무나도 빠르게, 생각지도 못할 정도로 많은 대장장이들이 모였다는 것이다.

덕분에 은악의 사람들도 유례없는 호황을 맞이했다.

물론 치안을 유지하는 입장에서는 아주 죽을 맛이었지만 말이다.

"아따, 술맛 떨어지게. 남부 촌놈이 와 있어? 소똥 냄새 지리네."

"뭐 인마? 너 지금 말 다 했냐?"

"왜? 치려고?"

대장장이라는 놈들이 술만 마시면 싸워 대는 통에 은악의 감옥이 남아나질 않았다.

"동작 그마아아아안!"

그리고 이런 대장장이들을 잡는 것은 가주 한상혁의 역할이었다.

그렇게 대낮부터 술 마시고 싸우는 대장장이들을 잡아넣은 상혁이는 대회 준비를 하는 나에게 푸념했다.

"아오, 진짜 미친놈들. 사고 치지 말라고 해도 매일같이 잡혀 들어가네. 도대체 대회는 언제 시작하냐?"

"오늘까지만 참아. 멀리서 오는 사람들도 배려해 줘야지. 그리고 백성엽 대장군님도 아직 안 왔잖아."

나찰이 무언가를 꾸민다는 것을 확신한 백성엽은 굳이 이번 대장장이 선별 대회에 심사위원으로 참석하겠다고 고집을 부렸다.

자기가 앉아 있어야 대장장이들이 더 힘을 낸다나 뭐라나.

그때였다.

"지금 막 도착했네."

호랑이도 제 말 하면 온다더니 기별도 없이 사무실로 들어오는 백성엽이었다.

저렇게 아무도 모르게 오는 상급자가 더 싫은 법인데 말이지.

나는 벌떡 일어나 백성엽을 맞이했다.

"오셨습니까? 기별을 주셨다면 마중 나갔을 텐데요."

"할 일도 많을 텐데 굳이 마중까지 나올 필요가 있는가? 앉지. 자네에게 해 줄 말도 있으니."

"좋은 소식입니까? 나쁜 소식입니까?"

"들어 보고 판단하게."

이거 불안하다.

그 순간 백성엽이 참가 명부를 내 앞으로 던졌다.

"실존하는 인물이었더구만. 그 최천약이라는 대장장이 말일세. 오늘 참가 등록을 마쳤더군."

"정말입니까?"

하필이면 마지막 날에 등록하다니.

나는 매일같이 대회 참가자들의 명부를 살폈으나 그 안에 최천약이라는 이름은 없었다.

그 탓에 얼마나 마음 졸이며 밤잠을 설쳤던가.

그때 같이 명부를 살피던 상혁이 말했다.

"최천강이라는 사람 밑으로 등록했는데? 이 사람도 아는 사람이야?"

"최천강?"

그런 사람은 들어 본 적도 없다.

하지만 당황할 필요는 없다.

최천약의 중요성은 그가 태양석 제련법을 찾아낸 천재 대장장이라는 것뿐.

그가 어디서 뭘 했고, 어떻게 살아왔는지까지는 별 의미가 되지 않았다.

게다가 지금은 회귀 전 최천약이 나타났을 때보다 몇 년은 더 이른 시기이니 사소한 차이가 있을 것은 어느 정도 예상하고 있었다.

"지금은 수습일 수도 있겠지. 네가 좀 알아봐 줄래? 그 최천강이라는 사람이랑 무슨 관계인지."

"야, 나 은악의 가주야. 여기서는 내가 갑이라고. 명령하지 마라."

"난 광명대 대원 한상혁한테 명령을 내린 건데?"

"……하아. 내가 언젠가 내 부대 가지고 독립한다."

"수고해."

"네, 네. 대장님."

상혁이 참가 명부를 들고 일어나 밖으로 나가자 백성엽이 피식 웃었다.

"그래, 자네가 말한 대로 최천약이라는 사람이 나타났으니 이미 우승자는 정해진 것이겠군. 안 그런가?"

"확신할 수는 없죠."

만약 이 대회에 참가한 최천약이 태양석 제련법을 만든 최천약과 동일인이라면 이미 우승자는 결정된 것이나 다름없다.

그의 야금 실력은 분명 수준급일 터.

하지만 동명이인일 가능성도 배제할 수는 없지 않겠는가?

"만약 제 기대에 못 미친다면 동명이인이라고 판단할 것입니다."

"그래, 나도 궁금하네. 자네의 신식 대장간이 얼마나 더 좋은 강철을 벼려 낼지 말이야."

"저도 그렇습니다. 과연 우리 왕국의 대장장이들 수준이 어느 위치일지가요."

그렇게 천하제일 대장장이 대회가 시작되었다.

은악(銀岳).

매해 성장을 거듭하며 지금은 대장장이들의 성지라고 불리는 도시였다.

그런 은악 앞에 도착한 최천강은 감격한 얼굴로 성벽을 올려다보았다.

"이것이 은악이구나."

성공의 냄새가 풀풀 풍겨 나오는 것만 같았다.

시골과는 비교도 할 수 없을 정도로 높고 깨끗한 성벽.

그 안으로 들어가자 잘 정돈된 길이 나타났다.

거대한 상점가에는 물건이 가득 차 있었고 사람들 모두 깔끔한 모습을 하고 있었다.

"역시 사람은 큰물에서 놀아야지."

최천강이 그렇게 중얼거릴 때였다.

"우오오오! 형님! 대장간을 보십시오! 저렇게 큽니다!"

동생 최천약의 관심은 온통 대장간으로 가 있었다.

"한번 보고 와도 괜찮겠습니까?"

"그래, 그래. 가서 보고 오거라."

"감사합니다! 형님!"

최천약이 대장간으로 달려가자 최천강의 친구들이 다가와 말했다.

"아이고, 네 동생이 아주 우리 촌놈이라고 동네방네 소문내고 다니네."

"놔둬라. 어차피 우승하면 촌놈 티는 쉽게 벗을 수 있으니까."

"하긴, 우리 실력이면 우승할 만하지."

"정확히는 내 실력이지."

"그래, 네 똥 굵다. 이놈아."

그러자 동료들은 최천강의 어깨를 두드리며 앞으로 걸어 나갔다.

"너만 믿는다. 최천강."

최천강은 흐뭇하게 웃었다.

비록 시골 출신이었으나 최천강은 아는 사람은 다 아는 장인이었다.

주변 도시의 선인들이 직접 검 제작을 의뢰하러 올 정도였으니 말이다.

그러나 동료들이 모르는 한 가지 비밀이 있다.

'다 천약이가 만든 것이지만 말이야.'

최천약.

동생은 오직 검을 만드는 것에 미친 야금술의 천재였다.

그렇기에 최천강은 어렸을 적부터 동생과 비교를 당해 왔다.

허나, 불행 중 다행인지 동생은 야금술을 제외한 모든 분야에서 덜떨어진 놈이었다.

그 덕분에 검을 소개하고, 협상하고, 그리고 다른 대장장이들을 이끄는 건 전부 최천강의 몫이었고 사람들은 동생의 작품을 그의 것이라 착각하기 시작했다.

그것은 동료들도 마찬가지.

하지만 굳이 그 오해를 바로잡을 필요는 없었다.

'대장간 일이라는 게 혼자서는 할 수 없는 일.'

어차피 자신이 없었다면 동생의 작품이 이리 유명해질 수도 없었을 테니 말이다.

"고맙다. 이 멍청한 동생아."

덕분에 꿈에도 그리던 출세를 할 수 있을 것만 같다.

최천강은 그렇게 기회의 도시 안으로 걸어 들어갔다.

대회의 개막식.

은악의 광장에는 3,000여 명의 대장장이들이 모여 있었다.

상혁이는 긴장한 얼굴로 준비한 연설문을 꼼꼼하게 읽었다.

"이거 진짜 해야 하나? 조수연 씨가 하면 안 돼? 조수연 씨가 가주잖아."

드디어 인정하는 건가.

그 불편한 진실을.

"이름뿐이라도 가주는 너잖아. 당연히 네가 해야지."

"아! 가주 하기 싫다. 진짜."

언제는 자기 도시 생겨서 좋다고 하더니.

"빨리 나가."

등을 떠밀자 상혁이가 앞으로 나갔다.

회귀 전 전쟁터에서는 연설도 굉장히 잘했었다고 들었는데 말이다.

'진짜 소문만 믿고 움직일 일은 아니네.'

새삼스럽지만 내가 상상했던 대영웅과는 완전히 다른 모습이다.

하지만 대장장이들에게는 한없이 큰 존재일 뿐이다.

"우와아아아아아!"

한상혁이 등장하자 모두가 손뼉을 치며 환호했다. 그렇게 연설을 끝낸 상혁은 바로 말을 이어 갔다.

"먼저 심사위원들을 소개하겠다. 심사위원으로는 백성엽 대장군님. 은악의 가주, 아니 가주 대리 조수연, 대장장이 김

철, 해리슨 상회의 상단주 엘리자베스, 그리고 재신(宰臣) 이
서하 홍의선인."

"우오오오오오!"

대장장이들은 미친 듯이 손뼉을 치며 환호성을 질렀다.

평생 한 번 볼 수 있을까 말까 한 높은 사람들이 앞에 앉아
있는 것이다.

흥분할 수밖에 없지.

"지금부터 이서하 선인이 너희들에게 과제를 줄 것이다."

상혁이의 소개가 끝나고 내가 앞으로 걸어 나갔다.

상혁이 때와는 다른 긴장감이 느껴졌다.

'좋구만.'

항상 과제를 받던 입장에서 내는 입장이 되니 너무나도 짜
릿하다.

고생 고생 개고생을 시켜 줘야지.

나는 잠시 시선을 즐기다 입을 열었다.

"반갑다. 난 이서하 찬성사다. 거두절미하고 바로 과제 내
용을 말해 주겠다."

모든 대장장이들이 초롱초롱한 눈으로 나를 바라본다.

잠시 뜸을 들이던 나는 이내 입을 열었다.

"첫 번째 과제는 검을 만드는 것이다."

"……."

모든 대장장이들이 실망한 듯 나를 바라봤다.

뭔가 대단한 과제를 원했던 눈치들이다.

하지만 난 기본을 가장 중요하게 생각하는 사람이다.

검 하나 제대로 만들지 못하면서 대장장이라고 할 수는 없지 않겠는가?

그리고 과제는 이미 시작된 것이나 다름없다.

나는 가만히 주변을 돌아보다 말했다.

"작업 시간은 충분히 배정해 줄 것이니 걱정하지 않아도 된다. 또한 숙련된 대장장이들이 작업을 보조해 줄 것이니 신식 장비에 대한 걱정을 할 필요도 없다. 설명은 여기까지. 혹 궁금한 것이 있는가? 과제와 관련된 것이라면 뭐든 물어봐도 좋다."

그렇게 제안을 건넨 뒤 잠시간 참가자들의 면면을 바라보았지만, 모두가 침묵으로 일관했다.

손을 들고 나서는 이는 단 한 사람도 존재하지 않았다.

검을 만든다.

너무나도 명확하고 간단한 과제였기 때문일 것이다.

대장장이라면 늘 해 왔을 일이니 문제 될 것도 없다.

하지만 그에 그친다면 내 기대엔 한참 못 미쳤다.

'이 정도면 민망한 수준이 아닌데?'

나름 한가락 한다는 이들이 모여들었으니 최천약 이외에도 뛰어난 기재가 있으리라 생각했는데 말이다.

그런데 대장장이라면 꼭 해야 할 질문을 어느 누구도 꺼내지 못하고 있다.

과연 저들에게 대장장이로서의 자격이 있다고 인정해 줄 수 있을까?

생각하는 범위가 거기서 끝이라면, 그 이상을 바라는 건 감정 낭비나 다름없었다.

"아무도 질문해 오지 않는군."

백성엽의 말투에서도 실망감이 잔뜩 묻어 나왔다.

이에 동조하려 고개를 돌린 순간, 왜 저들이 쉽사리 나서지 못했는지 한편으론 이해할 수 있었다.

백성엽이 팔짱을 낀 채 참가자들을 노려보고 있었던 것이다.

아니, 그런 눈으로 바라보면 심장이 떨려서 질문할 마음이 생기겠나?

"대장군님, 표정 좀 푸세요. 보는 저도 무서워 죽겠습니다."

"무슨 소린가? 그럴 생각도 없었고, 평소처럼 앉아 있는 것이네만."

기본적으로 생긴 게 무섭다는 말은 차마 할 수 없었다.

뭐, 이런 압박을 뚫고 궁금한 것을 질문하는 것도 대장장이의 능력이 아니겠는가?

이마저도 이겨 내지 못한다면 전부 낙제점을 줄 수밖에……

그렇게 내 인내심이 바닥나기 직전.

"여기 질문 있습니다!"

저 멀리서 한 대장장이가 손을 들었다.

"아, 쓸데없이 나서지 말라니까!"

"꼭 물어봐야 하는 겁니다. 금방 다녀오겠습니다."

주변의 만류에도 불구하고 그 대장장이는 동료들의 손길을 뿌리치며 점차 앞으로 다가왔다.

그와의 거리가 가까워질수록 꺼져 버렸던 기대감이 다시금 고개를 슬며시 내민다.

하지만 표정은 차분함을 유지하며 어느새 지척까지 다다른 이에게 물음을 던졌다.

"이름은?"

"최천약이라고 합니다."

그 이름을 듣는 순간 심장이 쿵쿵 뛰기 시작했다.

왔구나.

기대에 응해 줘서 춤이라도 추고 싶었다.

그럼에도 애써 기색을 숨기며 최천약을 가만히 응시했다.

젊은 나이에도 불구하고 지체 높은 이를 마주하고서도 당당한 자세를 유지한다.

그만큼 대장장이로서, 그리고 자신의 실력에 대한 자부심이 강하다는 뜻.

"아직 설명해 주시지 않은 게 있습니다."

뒤이어진 말에서도 그 기개가 여실히 느껴지고 있었다.

이것만으로도 흡족했지만, 아직 확인해 볼 것이 남아 있었다.

"말해 보라."

단순히 이름만 같은 인물일지도 몰랐다.

내가 아는 최천약이라면, 그리고 과거 명성을 떨쳤던 이와 동일한 인물이라면.

그는 남들과는 다른 면모를 보여야 했다.

'과연 무슨 말을 꺼낼까?'

내가 기대하는 것과 맞아떨어질 것인가.

아니면 그저 그런 물음에 지나지 않을 것인가.

그렇게 기대 반 의심 반의 감정을 품고 뒤이어질 물음을 기다리고 있을 때.

마침내 굳게 다물어진 최천약의 입술이 열리며 이후를 판가름할 내용이 흘러나왔다.

"검이 어떤 용도로 사용될 것인지 말씀해 주시겠습니까?"

모든 참가자들의 시선이 젊은 남자, 최천약에게 향했다.

몇몇은 왜 쓸데없는 걸 물어보냐는 듯한 시선을 보냈지만, 다수의 대장장이 얼굴엔 난감하다는 기색이 가득했다.

별것 아닌 듯 보여도 최천약의 질문엔 대장장이라면 당연히 물어야 할 내용이 담겨 있었으니 말이다.

내가 과제에 대해 말한 건 '검을 제작하라'는 한마디뿐.

그 외엔 일체의 설명도 덧붙이지 않았다.

그렇다면 의뢰를 받은 대장장이로서 당연히 물어야 할 것들이 존재했다.

검의 쓰임새가 실전용인가 장식용인가.

다수의 사용에 목적을 두는가, 아니면 특정한 인물에 한정

되는 것인가.

제작에 들어가기 전, 이런 정보들을 요구하는 게 정석이었다.

다른 참가자들은 시험이란 틀에 갇혀 대장장이로서의 기본을 잊어버린 것이다.

씁쓸한 감정을 뒤로하고 나는 다시금 최천약을 바라보았다.

일단 실망하지 않게 해 줬고, 답해 주겠다고 발표도 했으니 응해 줘야겠지.

"검의 제작 목적은 실전용이다."

"사용자는 누구입니까?"

뒤이어진 물음으로 기대감은 더욱 상승했다.

한 무사를 위해 제작되는 것이라면, 사용자에 대한 정보도 필수적이다.

동일한 거푸집으로 찍어 낸 양산형이 아닌 이상, 사용자의 신체 구조 및 특징, 사용 방식 등에 가장 적합하게 맞추어야 했으니 말이다.

뛰어난 성능을 지닌 검을 명검이라 일컫지만, 이런 측면에서 사용자가 본신의 힘 이상을 이끌어 내도록 만들어 주는 검도 명검이라 할 수 있었다.

최천약은 이마저도 간과하지 않은 것이다.

"은악의 한상혁 가주가 사용할 것이다."

"나?"

곁에서 지켜보단 상혁이가 얼빠진 소리를 내며 당황해한다.

거기서 네가 그런 반응을 보이면 우리가 뭐가 되냐?

한숨을 내쉬며 고개를 저은 나는 참가자들에게 시선을 돌렸다.

더 시간을 끌었다간 우리 위엄만 떨어질 테니 말이다.

"질문은 여기까지만 받도록 하지. 더 묻고 싶은 게 있다면 직접 찾아오도록. 그럼 지금부터 대회를 시작하겠다."

대장장이들이 비장한 얼굴로 박수를 친 뒤 흩어졌고, 나 또한 사무실로 돌아가기 위해 몸을 돌리려는 찰나.

백성엽이 여전히 한곳을 뚫어져라 노려보는 모습이 눈에 띄었다.

"왜 그러고 계십니까?"

그러나 백성엽은 별다른 대꾸 없이 같은 방향에 시선을 두고 있었다.

희미하지만 그의 입가엔 미소가 머금어져 있기까지 했다.

영문 모를 상황에 그의 시선을 따라 고개를 돌리니, 한 사람이 나를 빤히 올려다보고 있었다.

"최천약?"

최천약이었다.

"뭐지? 아직 용건이 남았나?"

"마지막으로 한 가지만 더 물어보고 싶습니다."

흔들림 없는 눈동자 속에서 열정의 불꽃이 활활 타오르고 있다.

기본을 잊지 않는 것도 좋은데 대장장이로서의 의욕까지 나무랄 데 없다.

여기에 실력까지 받쳐 준다면 내 계획에 더할 나위 없이 적합한 인재였다.

"그래, 질문이 무엇이냐?"

"한상혁 가주님께서 사용하시는 무공의 특성을 알고 싶습니다."

"호오."

백성엽이 흥미롭다는 듯 몸을 앞으로 내밀며 말했다.

"그게 왜 알고 싶은 것이지? 무사가 자기 무공에 대해 떠들고 다니지 않는다는 걸 모르지 않을 텐데?"

"그야 그렇지만……."

최천약이 처음으로 긴장한 모습을 내비치며 몸을 움츠렸다.

분위기가 가라앉으며 무거워지려는 때에 한 남자가 껴들었다.

"아이고, 죄송합니다. 대장군님. 제 동생이 검만 관련되면 눈치가 없어져서……."

"자네는 누군가?"

백성엽이 노려보자 남자는 허리를 펴며 외쳤다.

"저는 천심대의 수석 대장장이 최천강이라고 합니다. 고명하신 백성엽 대장군님을 뵙게 되어 가문의 영광입니다."

그의 말은 진정성이 느껴질 정도로 꾸밈이 없었고, 자세 또한 국왕을 대하듯 공손했다.

하지만 다른 이들은 속을지 몰라도 내 눈은 속일 수 없다.

최천강의 눈빛은 간신배의 그것과 동일했으니 말이다.

그리고 내가 아는 백성엽이라면······.

"그래, 천심대의 최천강."

"네! 대장군님!"

"다시는 내 대화에 끼어들지 마라. 알겠나?"

"······죄, 죄송합니다."

최천강은 땀을 뻘뻘 흘리며 그대로 굳었다.

자기 이름을 직접 대장군에게 말할 수 있어 기뻤을 텐데 뭔가 안쓰럽다.

그렇게 최천강의 입을 막은 백성엽은 최천약에게로 시선을 돌렸다.

"다시 묻지. 왜 무공에 대해 물은 것인가?"

"그건······."

최천약은 나를 대할 때처럼 쉽게 의견을 꺼내지 못했다.

백성엽의 기세에 눌린 탓도 있었지만, 무사들 사이에서 금기시하는 내용을 요구하는 게 마음에 걸렸던 것이다.

그럼에도 그는 대장장이로서의 의무를 저버리지 않았다.

"······검의 성질을 정하기 위함입니다."

"하!"

백성엽은 짧은 감탄사를 토해 내고는 나를 바라봤다.

이놈은 대체 뭐 하는 놈이냐.

그는 그렇게 묻고 있었다.

그래서 나도 눈빛으로 답해 주었다.

말하지 않았느냐. 물건이라고.

그렇게 백성엽과 대화를 마친 나는 최천약에게 답을 주었다.

"한상혁 가주의 무공은 뇌(雷)의 성질을 가지고 있다."

"뇌(雷)……. 감사합니다."

최천약은 고개를 조아린 뒤 물러났고, 나와 백성엽은 그의 등을 가만히 바라볼 뿐이었다.

그렇게 얼마의 시간이 흘러 광장에 둘만 남게 되었을 때.

백성엽이 마음속에만 품고 있던 의문을 꺼내 들었다.

"자네는 어떻게 생각하나? 정말로 저 어린놈이 자연의 힘을 가진 명검을 만들 수 있을 거라고 보는가?"

"글쎄요. 그건 저도 잘 모르겠습니다."

몇몇 명검들은 특수한 성질을 지니고 있었다.

대표적인 예가 지금 내가 만들려는 태양석 검이다.

양기의 힘을 누수 없이 온전히 사용할 수 있는 특수한 검.

이와 마찬가지로 뇌(雷), 빙(氷), 토(土) 등의 성질을 가진 검들 또한 존재했다.

그러니 만드는 것이 아예 불가능한 것은 아니었다.

물론 가능성이 있다는 것이 최천약이 해낼 것이라는 확신으로 연결되는 건 아니었지만 말이다.

"허세인지, 진짜인지 모르겠구나."

"하지만 만들어 낼 수 있으니 물어본 것 아니겠습니까?"

"그럴 수도 있겠지."

그렇게 잠시 생각에 잠긴 듯 보이던 백성엽이 난데없이 헛웃음을 토해 냈다.

"아무리 생각해도 어이가 없군."

"……네?"

"도통 이해가 되지 않으니 말이야."

"무엇이 말입니까?"

"자네 말일세."

"저요? 갑자기 저는 왜……."

왜 갑자기 나한테 화살을 돌리는지 모르겠다.

팔짱을 낀 대장군은 나를 바라보며 슬쩍 고개를 기울였다.

"참으로 신기해. 이름만 안다는 이가 나타난 것도 그런데, 천재 대장장이의 면모를 보이고 있으니 말이야. 정말로 자네에겐 예지 능력이 있는 겐가?"

"음…… 뭐, 비슷한 건 있습니다."

"거참. 그 말을 곧이곧대로 믿는 것도 이상한데, 그렇다고 안 믿을 수도 없군그래."

백성엽은 고개를 절레절레 흔들었다.

나로서도 어쩔 수 없는 일 아닌가.

그렇다고 솔직하게 말할 수도 없으니 말이다.

'미래에서 보고 왔어요!'라고 말하면 미친놈 취급할 거면서.

"그래도 이거 하나는 확실하겠군."

백성엽은 조금 전까지 최천약이 서 있던 자리를 바라보며 슬며시 웃어 보였다.

"이 시대 최고의 대장장이 실력을 볼 수 있다는 것 말일세."

그도 나와 같은 생각을 하고 있었다.

일단 지금까지 보여 준 모습은 합격.

과연 최천약이 전해 들었던 대로의 역량을 발휘할 수 있을 지는 두고 볼 일이었다.

직후 자리에서 일어나던 백성엽이 불현듯 무언가를 떠올린 듯 나를 돌아봤다.

"아! 그리고 이주원에 대한 이야기인데."

"뭔가 알아내셨습니까?"

난이 끝난 뒤, 백성엽이 믿을 만한 존재라 판단한 나는 은 월단에 대한 정보를 그에게 전달했다.

다른 이들은 신태민이 주도해 난을 벌인 것으로 여기겠지 만, 실상은 은월단이 배후에서 조종하고 있었음을 말이다.

그러면서 나는 홍등가의 방주에 대해서도 언급했다.

이주원.

은월단 간부로 추정되며, 현 시점 은월단을 쫓을 유일한 단서라고도 할 수 있는 사람이었다.

혹 그에 대해 알아낸 게 있나 싶어 기대를 가지고 바라봤으나, 백성엽의 표정은 예상과 크게 달랐다.

"그가 홍등가의 방주인 게 확실한가?"

"네, 그렇습니다."

백성엽은 미간을 찌푸리며 언짢은 기색을 감추지 않았다.

"홍등가의 방주는 이주원이란 자가 아니었네. 정확하게 말하자면, 기방이 너무나도 많아 방주라고 불리는 사람이 많았지."

"……그중에 가장 세력이 큰 곳의 방주가 아니겠습니까?"

"나도 그렇게 생각해 알아봤네만, 그런 이름을 가진 자는 없었네."

"그렇군요. 이름만으로 찾는 게 쉽지 않을 것이라 예상하긴 했지만, 막상 들으니 아쉽긴 하네요."

홍등가는 수도 안의 또 다른 왕국이라 해도 무방한 치외 법권 구역이었다.

희망과 밝은 미래로 가득한 천일의 외면과 달리, 인간의 원초적인 욕망과 탐욕으로 가득한 공간.

높은 지위를 가진 가문들과 관리들까지 얽혀 있어 설사 국왕이라 해도 쉽게 손댈 수 없는 곳이다.

또한 홍등가의 특성상 기생들은 목숨보다 입을 무겁게 여길 테니, 그 안에 꼭꼭 숨은 이주원을 찾기란 결코 녹록지 않은 문제였다.

"그래도 염려하진 말게. 몰랐다면 모를까, 알게 된 이상 모른 체하진 않을 테니. 계속해서 주시하며 천천히 사람을 잠입시킬 생각이야."

의도는 이해지만, 아마 고된 여정이 될 것이다.

그 후암조차 제대로 잠입할 수 없는 곳이니 말이다.

제대로 된 세작을 심어 넣으려면 몇 달, 아니 몇 년이 걸릴지도 모르는 일.

그마저도 실패로 돌아가 시간만 날리는 헛수고가 될 수도 있다.

하지만 나는 백성엽의 뜻에 힘을 실어 주었다.

걱정이 앞서 아무것도 하지 않으면 바뀌는 건 없다.

무엇이든 행동으로 옮겨 앞으로 나아가야 변화를 꿈꿀 수 있으리라.

"부탁드리겠습니다. 그리고 어려운 결정을 내려 주셔서 감사합니다."

"자네가 감사할 게 뭐 있나? 덕분에 내부에 적이 남아 있다는 걸 깨달았으니, 감사는 오히려 내가 해야지."

그러면서 백성엽은 천천히 고개를 숙여 보였다.

"자네에겐 진심으로 고맙게 생각하네."

"왜 이러십니까? 남들이 보면 어쩌시려고요?"

벌떡 일어나 대장군의 어깨를 붙잡아 일으켜 세우려 했으나, 그는 꿋꿋하게 자세를 유지했다.

한참이 지난 후에야 고개를 든 그는 전과 다를 바 없는 표정으로 담담히 말했다.

"그럼 심사 날 보도록 하지."

"네, 들어가십시오."

나는 떠나는 백성엽의 뒷모습을 멍하니 바라보았다.

그가 왜 감사하다 말했는지를 이해하기 때문이었다.

'아마 백성엽도 느꼈겠지.'

신태민에게 힘을 보탠 건 그것이 가장 최선이라 생각했기 때문일 것이다.

누구보다 왕국을 사랑하는 신하로서, 그리고 강성해지길 바라는 무인으로서 그것만이 왕국을 위한 길이라고 판단했을 테니까.

하지만 나 '이서하'라는 존재가 끼어들면서 기존의 생각에 변화가 찾아온 것이다.

그리곤 마침내 깨닫게 되었을 것이다.

수많은 꽃잎들의 향기로 가득하다 여겼던 길이 실상은 사람들의 피로 얼룩져 썩은 내를 풍기고 있었다는 것.

찬란한 영광이 펼쳐질 것이라 여겼던 종착지에는 파멸이라는 낭떠러지만이 존재한다는 것을.

대장군으로서의 자존심까지 버려 가며 고개를 숙인 것도 그 때문이었다.

자괴감과 비참함만이 가득한 길 위에서 벗어나게 만들어 주었으니 말이다.

그렇기에 백성엽은 포기하지 않을 것이다.

나에게 보답하기 위해, 그리고 왕국의 눈부신 미래를 위해.

그건 나 역시 마찬가지였다.

이주원, 그가 홍등가의 방주라는 걸 알았을 때는 어떻게 될 줄 알았지만 쉽지 않다.

그러나 포기할 생각은 결단코 없다.

"일단 내가 할 수 있는 일부터 제대로 해 보자."

하나하나 차근차근 해결해 나가다 보면 길이 보이지 않겠는가.

〈14권에 계속〉

무리에 떨어진

청루연 신무협 장편소설

현대인

빵소니로 요절했던 죽음의 기억이 강렬한데,

'……내가 조휘?'

다 쓰러져 가는 조가철방의 차남이 되었다.
날아가는 새를 떨어뜨릴 권세도,
의지를 관철시킬 무력도 없다.
일가족을 몰살시킬 어마어마한 빚만 있을 뿐.

허나 그 누구도 경험하지 못했을
비장의 한 수가 남아 있으니.

"아버지, 조가철방을 물려주십시오."

문명의 이기를 총동원한 현대인의
중원무림 성공기가 지금 시작된다.